LES QUARANTIÈMES DÉLIRANTS

Paru dans Le Livre de Poche :

SENS DESSUS DESSOUS

RAYMOND DEVOS

Les Quarantièmes Délirants

LE CHERCHE MIDI

Quand on a la prétention d'entraîner les gens dans l'imaginaire, il faut pouvoir les ramener dans le réel... et sans dommage.

R. D.

CARAVAN

ELLINGTON-TIZOL

Qu'est-ce qui vous a donné l'idée de faire la traversée du désert dans l'imaginaire ?
*– C'est en écoutant un air de Duke Ellington... « Caravan ». La... la la la la... etc.**

* Cf. page 16.

Au-delà de l'imaginaire

Ceci n'est pas un roman.
C'est un récit… rocambolesque.
Le récit d'un voyage dans l'imaginaire,
c'est-à-dire qui ne répond pas aux lois du réel.
Pas d'horaires… ni d'avance, ni de retard !
On part quand on veut.
On ne revient pas à heure dite.
Personne ne vous attend au pied
de la grande horloge.
Aucun décalage horaire.
Aucun train ne vous siffle.
L'esprit suit son chemin, vagabonde…
sans carte ni boussole,
ce qui n'empêche (n'exclut)
ni les sentiments, ni les drames…
ni… d'en rire…
si l'envie vous en prend.

MAX.

CHAPITRE PREMIER

Géométrie variable

Le chapiteau qui employait le mime Max s'était installé sur l'esplanade des Invalides.

Pourquoi aux Invalides ?

Max en avait demandé la raison au directeur de la troupe, qui lui avait répondu que la proximité du tombeau de Napoléon créait un certain mouvement de foule favorable aux enfants de la balle !

Elle leur apportait un fonds de clientèle de passage. Napoléon était, sur le plan de la recette, un appoint. Il faisait office de « parade ».

Il remplaçait tous les roulements de tambour, tous les « avis à la population ».

Le directeur avait même ajouté, en voyant les gens faire la queue devant son tombeau...

« On dit que Napoléon a ruiné la France avec ses guerres et ses conquêtes...

Depuis qu'il est aux Invalides, il fait encore quarante balles par tête de pipe !

Mettez un de ceux qui nous gouvernent aux Invalides, il ne fait pas un rond ! »

Mais la vraie raison pour laquelle le directeur avait dressé son chapiteau sur l'esplanade des Invalides (Max ne l'apprit que plus tard), c'est que le directeur croyait en la métempsycose.

Il était persuadé d'avoir été, dans une vie antérieure, Napoléon ! Oui, Napoléon en personne !

Voilà pourquoi le directeur avait planté sa tente à proximité du tombeau de l'empereur, devant lequel il allait parfois se recueillir.

Max avait été engagé dans ce cirque comme mime-parleur. C'était assez révolutionnaire.

Il était parti du principe que, puisqu'après le cinéma muet, il y avait eu le cinéma parlant, si l'on voulait que le mime évolue, il fallait aussi lui donner la parole... d'où le nom de mime-parlant.

Ce chapiteau était à géométrie variable, c'est-à-dire que ses dimensions étaient modulables... On pouvait l'agrandir ou le rétrécir selon le nombre de spectateurs, si bien que la salle était toujours pleine comme un œuf,

œuf modulable, tantôt œuf de pigeon, tantôt œuf d'autruche !

Max y présentait des pantomimes traditionnelles telles que « le tireur de corde », « les dents de la mer », « la marche contre le vent », « le voyage en ballon » et surtout là où, paraît-il, il excellait, c'était dans le mime de « l'homme qui a soif et qui boit » !

Un soir, après le spectacle, alors que Max était de retour dans la caravane qui lui servait de loge… un monsieur vint le voir. Il lui dit : « Puis-je vous parler ? »

CHAPITRE II

La traversée du désert

«Écoutez, je dois rentrer chez moi, lui dit Max. J'habite à l'autre bout de la capitale…

— Moi aussi ! Et j'ai traversé tout Paris pour vous voir…

— Ah bon ! Eh bien, je vous écoute…

— Voilà ! Je voudrais faire la traversée du désert dans l'imaginaire. Pouvez-vous me servir de guide ?

— Pourquoi moi ? demanda Max.

— Parce que, l'autre soir, je vous ai vu sur la piste. Vous jouiez un monsieur qui a soif et qui boit. Vous mimiez la forme d'une bouteille… et vous en buviez le contenu avec une telle conviction… que cela m'a mis l'eau à la bouche. J'ai pensé : "Avec ce monsieur comme guide dans une traversée du désert, au moins, on est assuré de ne pas mourir de soif !"

— Je vous remercie… Mais qu'est-ce qui

vous a donné l'idée de faire la traversée du désert dans l'imaginaire ?

– Un air de flûte ! C'est en écoutant un air de Duke Ellington… "Caravan" joué sur une flûte traversière, (il sifflota le motif) la… la la la la… etc.

– Je connais, lui répondit Max. La… la la la la… En effet, cela évoque bien le désert. Quand j'entends cet air, je vois défiler des chameaux qui marchent à la queue leu leu… »

Le spectateur lui dit :

« Eh bien moi, je vois des petites femmes voilées qui marchent en file indienne et qui dansent la danse du ventre !

– Moi, je vois des chameaux !

– Moi, des petites femmes voilées !

– Je ne voudrais pas vous décourager, dit Max, mais moi qui ai déjà fait plusieurs fois la traversée du désert dans l'imaginaire, des petites femmes voilées qui dansent la danse du ventre, je n'en ai jamais vu !

– Avez-vous bien regardé derrière chaque dune ?

– J'ai fait le tour de plus d'une, mais pas de toutes… C'est impossible !

– D'autant qu'une dune peut en cacher une autre.

– Je ne vous le fais pas dire. Écoutez, c'est simple ! On va aller vérifier sur place.

– Quand partons-nous ?

– Tout de suite, si vous voulez ?

– D'accord !

– Puis-je connaître votre nom ?

– Appelez-moi Duke !

– D'accord ! Alors, Duke, en piste !

– Pardon ?

– En piste ! Il faut bien la faire partir de quelque part, cette traversée du désert ! »

Ils quittèrent la loge-caravane et gagnèrent la piste encore toute chaude du spectacle qui venait de se terminer.

L'atmosphère y était favorable.

Après avoir fait plusieurs tours de piste pour se mettre en jambes, le spectateur dit à Max : « On ne va pas tourner en rond pendant des heures ?

– On ne tourne pas en rond, monsieur !

Croyez-vous que les chevaux de cirque ont l'impression de tourner en rond ?… Non, monsieur !

Ils foncent tête baissée, sans jamais tenir compte des tournants, l'un suivant l'autre.

– Vous n'avez qu'à me suivre, puisque je suis votre guide.

– Bon ! Je vous fais confiance. »

Éclairés de face par un seul projecteur,

une « poursuite » qui les suivait comme leur ombre… ils entreprirent leur « traversée du désert ».

« Eh bien allons-y ! »

Et tout à coup, le spectateur fit mine de soulever quelque chose de pesant.

« Qu'est-ce que vous faites là ? dit Max.

– Je prends ma valise.

– Qu'est-ce qu'il y a dedans ?

– Du sable.

– Du sable ? Vous voulez emporter du sable dans le désert ? Mais, monsieur, dans un désert, même imaginaire, du sable il y en a à la pelle ! Il n'y a qu'à se baisser !

– Non, non ! lui répondit-il. Je tiens à emporter mon propre sable !

Cela me permettra, si la traversée s'avère trop fatigante, de lâcher de temps en temps du lest, sans que cela se voie ! »

Il ne manque pas d'imagination, ce monsieur, pensa Max. Après tout, la valise, c'est lui qui la porte. Moi, je me charge de la bouteille.

Et Max fit le geste de prendre la bouteille.

« Qu'est-elle censée contenir ? dit le spectateur.

– De l'eau.

– Est-ce qu'avec un petit effort d'imagination, on ne pourrait pas remplacer l'eau par du champagne ?

– Oh ! Eh ! Attention ! dit Max. Ce n'est pas une traversée du désert *by night*, avec strip-tease à chaque oasis. Entendons-nous bien !

– D'accord !

– Alors, en route ! »

Ils se remirent à mimer la marche sur place… Il faut savoir que dans l'imaginaire, quand on marche, c'est sur place. Outre que cela raccourcit les distances, on peut donner libre cours à son imagination.

Et tout à coup, Max eut la sensation d'avancer (sur place) à reculons… Illusion d'optique… C'était le spectateur qui marchait sur place plus vite que lui !

Subrepticement, tout en donnant l'impression de ne pas avancer, il grignotait du terrain ! Il cherchait à le doubler !

De plus, il faisait des réflexions désobligeantes : « À cette allure-là, on n'est pas près d'arriver ! »

« Monsieur, lui dit Max, quand on marche sur place… dans le désert, contre un fort vent debout, sous un soleil de plomb, on ne peut pas aller vite !

– Vous auriez pu le dire plus tôt que les conditions météorologiques n'étaient pas favorables !

– Monsieur, sachez que dans l'imaginaire, sur le plan du temps qu'il fera, il n'y a pas de prévisions ! (C'est comme ça, il faudra vous y faire !)

– Passez-moi la bouteille ! dit-il. J'ai soif. »

Max fit mine de lui passer la bouteille d'eau. Duke fit le simulacre de la déboucher comme on débouche une bouteille de champagne, avec le bruit du bouchon qui saute…

« Allez ! On sable le champagne ! On sable le champagne ! »

Et il en but le contenu avec une telle conviction que Max en eut le champagne à la bouche.

« Oh ! Eh ! Moi aussi, je sablerais bien le champagne ! »

Il lui fit signe de lui repasser la bouteille. Ah, dis donc ! Il avait bu tout le champagne ! Il ne lui avait laissé que le sable. Ah, le salaud !

Max pensa : C'est le moment de faire miroiter mes chameaux.

« Oh, regardez tous ces chameaux !

– !! Quels chameaux ?

– Ces chameaux qui marchent à la queue leu leu !

– Je me fous de vos chameaux ! dit Duke.

Je suis venu ici pour voir des petites femmes voilées qui dansent la danse du ventre !

20

« – !! Je ne demande qu'à les voir aussi. Où sont-elles, vos femmes voilées ?

– Derrière vos chameaux ! Retirez vos chameaux et vous les verrez, mes petites femmes voilées ! »

Là, Max prit une décision.

« Stop ! La traversée est terminée. D'ailleurs, vos petites femmes voilées, vous pouvez en faire votre deuil !

– Comment ? On ne va pas plus loin ?

– Non !

– Pourquoi ?

– Parce que… c'est dangereux. C'est l'Inconnu !

Le désert n'est plus balisé. D'ailleurs, vous voyez, le désert finit là.

– Où là ?

– Là où le sable s'arrête… et dans le désert, dès que la piste n'est plus sablée, elle est glissante. »

Le spectateur lui répondit :

« Décidément, vous avez l'imagination bornée, étriquée, vétuste ! Rétro ! »

Il ouvrit sa valise et du geste auguste du semeur, il fit mine de jeter des poignées de sable, en criant :

« Et le désert continue ! »

Du sable, il y en avait à perte de vue !

Là, Max comprit qu'il avait embarqué

dans l'imaginaire quelqu'un qui avait plus d'imagination que lui.

Et que c'était le client, maintenant, qui avait pris la direction des opérations.

Max le vit s'éloigner.

Ah, la silhouette du spectateur qui courait, en criant :

« À moi, les petites femmes voilées ! » en titubant sous l'effet du champagne qui devait lui monter à la tête…

Tout ce que Max aurait voulu éviter ! Il fallait qu'il réagisse vite !

Le spectateur s'était permis d'intervenir dans son imaginaire, de le modifier, d'y ajouter son grain de sable ?

Max allait lui montrer qu'il était encore capable de faire la pluie et le beau temps !

Ah, il avait semé le sable ?

Eh bien, lui, Max, il allait semer le vent !

À peine avait-il évoqué l'idée de vent que celui-ci se leva.

Aussitôt, Max se mit à mimer « la marche contre le vent », comme il le faisait tous les soirs sous le chapiteau. Mais alors que sous le chapiteau, ce vent qui soufflait n'était que du « vent », c'est-à-dire « rien »… le vent contre lequel il devait marcher, à son grand étonnement, n'avait rien d'imaginaire.

Il soufflait réellement et violemment ! Et en rafales !

Que se passait-il ?

Il avait simplement oublié que, même dans l'imaginaire, qui sème le vent récolte la tempête.

Un vent violent se leva, soulevant le sable et le faisant tourbillonner.

Le ciel en était tout obscurci !

La tempête de sable lui en mettait plein la vue… Une tempête sous un crâne certes, mais ce n'en était pas moins une tempête…

Et puis, aussi vite qu'il s'était levé, le vent retomba. Le rideau de sable s'entr'ouvrit… Stupeur !

L'atmosphère avait changé du tout au tout.

D'abord, le ciel était plus bleu… rayé par des vols de mouettes qui poussaient des cris d'enfants.

Devant Max… l'étendue du sable refluait au loin comme une mer de sable qui se retire à l'infini. Puis, en retour… le flux des flots de mer… qui, par vagues successives, recouvrait maintenant l'espace laissé vacant par le retrait du sable du désert… pour venir mourir à ses pieds… Sublime !

Autre étrangeté : au lieu de marcher sur place, Max avançait. Ses « semelles » laissaient des traces.

«Ah, monsieur mon client, monsieur Duke, s'écria-t-il… Ah, mon imaginaire est vétuste…

Qu'est-ce que votre mesquine vision de petites femmes voilées qui dansent la danse du ventre comparée à cette émanation de mon esprit?

Votre imagination prétendument fertile est-elle capable de changer le sable grossier du désert en sable fin de la plage?

De remplacer un désert aride et monotone en reflets d'argent, reflets changeants de la mer que l'on voit danser le long des golfes clairs, avec ses blancs moutons? La mer, bergère d'azur infinie!

Vous qui refusiez obstinément de voir défiler mes chameaux à la queue leu leu, sur la crête des dunes, les voyez-vous, tous ces moutons blancs qui marchent à la queue leu leu sur la pointe des vagues?»

Et soudain, il réalisa qu'il parlait tout seul.

Son client n'était plus à ses côtés; il avait perdu son témoin. Il appela:

«Duke? Duke!»

Aucune réponse! Que l'écho de sa voix et:

«le clapotis des vagues»

«le murmure du vent»

«les cris des mouettes.»

Aucun

CHAPITRE III

L'au-delà de l'imaginaire

C'est alors qu'il vit, à ses pieds, une bouteille à moitié enfouie dans le sable.

Il la ramassa. Il la tourna et retourna dans sa main. Stupeur !

C'était sa bouteille !

Enfin, celle qu'il avait mimée au départ de la traversée du désert… celle dont Duke (le spectateur) avait feint de boire le contenu…

Il ne pouvait pas se tromper. C'était la sienne, celle qu'il avait emportée…

Il y a un instant à peine, il en mimait encore la forme dans la main.

Or, cette bouteille était palpable.

Comment cela pouvait-il se faire ? Comment un objet simplement évoqué, suggéré… dans le réel… pouvait-il avoir pris corps dans l'imaginaire ? Plus grave ! Il frappait de réalité tout l'entourage fictif... rendant caduc tout ce qui avait été évoqué jusque-là sous couvert d'imagination ! Soudain, un coup de feu éclata !

La bouteille vola en éclats !

Quelqu'un venait de tirer sur Max.

Il resta là, contemplant, hébété, les quelques morceaux de la bouteille qui lui étaient restés dans la main. « Allez jeter vos ordures ailleurs ! »

La voix venait d'au-dessus de lui...

C'est ainsi qu'il découvrit qu'il était au pied d'un phare...

« Phare des Robinsons » pouvait-on lire.

« Pourquoi m'avez-vous tiré dessus ? »

La silhouette de celui qui devait être le gardien apparut sur la galerie supérieure, en brandissant un fusil.

« La mer n'est pas une poubelle !

Vous trouvez qu'elle n'est pas assez polluée comme ça, dit-il à Max en désignant le large où, effectivement, flottaient çà et là quelques débris ?

Et je ne parle pas des requins qui pullulent le long de la côte ! »

Max comprit... que le gardien était en train de noircir volontairement le tableau, son tableau, sans doute pour l'en dégoûter.

« D'abord, d'où venez-vous ? lui dit le gardien.

— De l'autre côté du désert !

— ! ! Vous avez traversé tout un désert pour venir jeter vos bouteilles vides dans MA mer ?

Vous n'avez donc pas de mer sur vos terres ?

— Si, mais…

— Alors, retournez-y et n'oubliez pas d'emporter vos bris de bouteilles ! »

Il ponctua sa phrase d'un nouveau coup de fusil qu'il tira, mais en l'air, cette fois ! Devant tant d'hostilité, Max s'apprêta à rebrousser chemin.

Il était évident qu'il n'était pas le bienvenu. Il avait intérêt à regagner le réel au plus vite mais… pas sans son spectateur !

« Quand on a la prétention d'entraîner les gens dans l'imaginaire, il faut pouvoir les ramener dans le réel et sans dommage !

C'est une question de déontologie. »

Où était-il à l'heure présente ?

Toujours dans le désert imaginaire, à courir après ses danseuses, ou passé de ce côté-ci ?

Max appela :

« Duke ! Duke ! »

Seul l'écho… uke… uke…

CHAPITRE IV

L'amiral

Max regarda autour de lui… Pas âme qui vive !

Et pourtant, si ! Là-bas, la silhouette d'un homme, de dos, qui regardait la mer.

« Duke ! » cria-t-il.

L'homme se tourna vers lui…

Ce n'était pas son spectateur.

« Excusez-moi ! lui dit Max. Je vous avais pris pour quelqu'un d'autre.

– Je me présente, dit l'homme, Christophe, amiral de la flotte !

– Bonjour, amiral !

– De la flotte ! Je tiens à "de la flotte" !

– Amiral de la flotte !

– C'est sur vous que le gardien de phare a tiré ?

– Oui !

– Vous n'êtes pas blessé au moins ?

– Non ! Quelques égratignures…

– Vous n'êtes pas d'ici ? Je ne vous ai jamais vu.

– Je viens du réel.

– Du réel… ? »

Il semblait prodigieusement intéressé.

« Comme moi ! Par où êtes-vous passé ?

– J'ai traversé le désert qui est derrière moi.

– Le désert qui est derrière vous n'existe pas ! C'est un désert imaginaire…

– Je le sais, c'est le mien !

– C'était le vôtre, ça ne l'est plus ! »

Max se retourna. Stupeur ! Plus de désert ! Évaporé le désert !

Effacé, rayé de la carte de son imaginaire !

En lieu et place, un petit village de bord de mer. Quelques maisons de pêcheurs, derrière lesquelles on voyait se balancer le haut des mâts des voiliers, le port sans doute.

À droite, un hôtel de la plage.

Un peu à l'écart, une bâtisse, sorte de hangar, et un pavillon.

« Que s'est-il passé ?

– Il s'est passé que, comme il y a un au-delà du réel, il y a aussi un au-delà de l'imaginaire et que vous êtes en plein dedans !

– C'est quoi l'au-delà de l'imaginaire ?

30

– C'est un espace paradoxal, une sorte d'île déserte peuplée de "Robinsons" !

– Et vous, amiral, peut-on savoir d'où vous venez ?

– Du même monde que vous, le réel !

J'ai voulu découvrir un monde nouveau…

– Comme Christophe Colomb ?

– Oui ! Mais comme, dans le réel, il n'y a plus de monde à découvrir, je suis allé au-delà…

Tous les gens d'ici sont des gens qui, comme vous et moi, ont voulu faire un voyage dans l'imaginaire et qui, comme vous et moi, sont allés trop loin !

Ils ont passé une ligne qu'ils n'auraient jamais dû franchir.

Ils ont un point commun, aussi étrange que cela puisse paraître, ils croient tous en la métempsycose…

– C'est-à-dire ?

– Qu'ils prétendent qu'avant d'être ce qu'ils sont, ils ont tous été quelqu'un d'autre dans une vie antérieure. Et vous, croyez-vous en la métempsycose ?

– Oui, j'y crois ! dit Max. Ce qui me gêne, chez les gens qui prétendent avoir été quelqu'un d'autre dans une vie antérieure, c'est qu'ils ont tous été, selon leurs dires, des personnages célèbres, illustres, tels que

Ramsès II, excusez du peu, Alexandre le Grand ou même Napoléon ! Jamais, je n'ai entendu quelqu'un se vanter d'avoir été dans une vie antérieure, chez les Spartiates par exemple, un simple et obscur cordonnier !

— C'est vrai, ce que vous dites ! Tenez, prenez le cas du gardien de phare ! Savez-vous ce qu'il prétend avoir été dans une vie antérieure ?

— ? ?

— Noé !

— Qui ?

— Le vieux Noé !

— Le vieux Noé... de l'Arche ?

— Oui !

— Celui qui a mis à l'abri du déluge un couple de chaque espèce d'animaux ?

— Celui-là même ! Pour contenir autant de couples, l'Arche de Noé devait être à géométrie variable... »

Cette notion de géométrie variable ramena un instant Max au chapiteau de l'esplanade des Invalides que l'on pouvait agrandir ou rapetisser selon le nombre de spectateurs.

L'Arche devait être constamment pleine comme un œuf d'autruche. Ses flancs devaient s'écarter et se resserrer, ce qui autorisait Noé de conseiller à toutes ses bêtes de croître et de se multiplier ! Ce qu'elles se sont empressées de faire !

« Où les choses se sont gâtées, continua l'amiral, c'est que le couple Noé lui-même ne se privait pas de croître et de se multiplier…

Leurs quatre fils, en grandissant, se sont révélés de redoutables chasseurs.

D'abord par jeu, ils ont organisé des safaris. Ils ont ainsi fini par exterminer tous les couples d'animaux que le vieux Noé avait sauvés de la noyade. À la suite de quoi, par désespoir, le vieux Noé s'est mis à boire plus que de raison… pour finir (chacun connaît la suite) dans le dénuement le plus complet…

C'est sans doute en souvenir de toute cette beuverie que le gardien de phare a pris l'habitude de tirer sur toutes les bouteilles qui portent en leur flanc la tentation…

C'est un personnage qui vaut le détour, c'est-à-dire qu'il vaut mieux éviter. »

Max jeta un dernier regard sur ce qui était encore il y a un instant « son » désert !

Il fut pris de panique…

C'est comme si un piège s'était refermé sur lui.

« Par où regagner le réel ? »

Il avait dû prononcer la phrase à haute voix…

« Par la mer ! lui lança l'amiral.

Il n'y a que par la mer ! J'ai, d'ailleurs, un projet d'évasion dont je vous reparlerai.

Ah, dites, où comptez-vous passer la nuit, si ce n'est pas indiscret ?

— À la belle étoile !

— Écoutez ! La belle étoile n'est pas toujours la bonne. Si vous voulez une chambre à l'hôtel où je suis descendu ? Ce n'est pas un "trois étoiles", mais la patronne est très gentille. Si vous voulez, je vais vous y accompagner.

— Volontiers ! »

En remontant la pente sablonneuse qui menait à l'hôtel, ils croisèrent un vieux pêcheur, assis sur les débris d'une barque.

Apparemment, il était en train de réparer son filet de pêche.

« Qui est-il ? demanda Max.

— Demandez-le-lui ! dit l'amiral. Vous allez être édifié. »

CHAPITRE V

Le fils de Dieu

Max s'approcha du vieil homme.

« Pardon, monsieur ? »

Le pêcheur leva lentement la tête.

« Puis-je savoir qui vous êtes ?

— Je suis un pauvre pêcheur. Je revends les quelques poissons que je prends pour assurer mon pain quotidien.

Quand je pense à ce que j'étais avant, monsieur… à la vie que je menais…

— Avant quoi ?

— Avant moi !

— Avant vous ?

— Oui, monsieur ! Savez-vous qui j'étais dans une vie antérieure… ?

(Ah, nous y voilà ! pensa Max.)

J'ose à peine le dire…

— Dites toujours !

— Le fils de Dieu !

– Pardon ?

– Le fils de Dieu, c'était moi !

– Nom de D… »

Max avala le mot mais n'en pensa pas moins.

« Le fils de Dieu… de Dieu le Père ? dit Max stupidement. Jésus ?

– Lui-même, en personne !

– Vous plaisantez ?

– Jamais avec la religion !

Et vous voyez en quoi je me suis réincarné, monsieur ? En humble pêcheur, pêcheur comme l'étaient tous mes disciples ! »

« Vous venez, Max ? dit l'amiral.

– Oui ! Excusez-moi… Jésus, de vous avoir dérangé ! »

Ils reprirent leur marche.

« Juste retour des choses ! dit l'amiral. Après avoir miraculeusement multiplié les petits pains et les poissons, les poissons, aujourd'hui, il est obligé de les pêcher lui-même pour assurer son pain quotidien.

– Et où crèche-t-il ?… Pardon, où dort-il ?

– Dans le même hôtel que nous ! Allons-y !

– Dites, amiral ?

– De la flotte !

– Pourquoi tenez-vous absolument à "de la flotte" ?

36

« – Parce que j'ai une flotte… en rade…

– Où ?

– Là-bas ! »

Il désigna un point vague à l'horizon.

« Sur la mer ?

– Non, au fond ! »

Ils partirent d'un grand éclat de rire.

« Dernière question : de vous à moi, comment est-on sûr que l'on est dans l'au-delà de l'imaginaire ? »

L'amiral prit, avant de répondre, un léger temps.

« Quand on peut "toucher" ce que l'on imagine ! »

Max ouvrit la main, soupesa les morceaux de verre qui s'y trouvaient toujours et les glissa dans sa poche.

Lorsqu'ils entrèrent dans l'hôtel, le hall semblait vide.

« Il y a quelqu'un ? » demanda l'amiral.

Une petite fille apparut derrière le comptoir.

« Bonjour !

– Bonjour, petite Marie ! Ta maman n'est pas là ?

– Si ! (Elle appela.) Maman ? »

L'hôtelière entra.

Une fort jolie femme, chevelure noire,

beaux yeux verts, un nez anormalement long…

« Bonjour, messieurs… ! »

Tandis qu'elle accrochait des clefs au tableau…

« Elle ne vous rappelle rien ? dit à mi-voix l'amiral, en se penchant vers Max.

– ! ! Je ne vois pas…

– Mais si ! Quelqu'un d'important et de fort connu dans l'Antiquité.

– ! ! Je ne vois pas !

– Elle en a gardé le profil…

– Ah, Cléopâtre !

– Tout juste ! Gagné ! »

Pour Max, c'était déjà devenu un jeu.

« Que puis-je pour vous ?

– Je vous amène un client. Il voudrait une chambre pour la nuit.

– Bien sûr ! Si vous voulez bien remplir cette fiche ?

– Bon ! dit l'amiral. Max, je vous laisse. Je vous reverrai bientôt pour le projet dont je vous ai parlé ! »

L'amiral sortit.

Tandis que Max remplissait sa fiche, il vit la petite Marie s'approcher du tourniquet disposé dans le hall et y placer les cartes postales qu'elle tenait dans les mains.

Il s'approcha.

«Que représentent-elles? demanda Max, intrigué.

– Un mirage!

– Un mirage?… Quel mirage?

– Comment, dit l'hôtelière, vous n'avez pas entendu parler de notre mirage?

– Qu'a-t-il de particulier, ce mirage?

– Je dis "ce mirage", je devrais dire "ces mirages"! dit Cléopâtre. Parce que, figurez-vous, monsieur, que ce mirage n'est jamais le même! Chaque fois, il a un aspect différent et plus étrange encore, à chaque "apparition", il évoque une image déformée du réel… comme si le réel que nous avons perdu se rappelait à notre bon souvenir!

Ce mirage, monsieur, c'est la seule curiosité touristique de l'île… On y tient!»

Max fut très surpris que certaines de ces cartes postales représentent, malgré leurs contours imprécis, ou peut-être à cause de leurs contours imprécis, des célèbres monuments du réel…

L'évocation du réel lui fit penser qu'il serait bon de prévenir le chapiteau des Invalides de son absence prolongée.

Il choisit une carte postale dont les contours rappelaient à s'y méprendre le dôme des Invalides.

« Cela brouillera les pistes ! se dit-il amusé. »

Il écrivit au dos quelques mots :

« Chers amis du chapiteau, retenu dans l'imaginaire pour des raisons trop longues à vous expliquer, je ne pourrai, à regret, assurer les prochaines représentations. Désolé ! Je pense bien à vous et vous embrasse.

Max. »

Il ne restait plus qu'à l'expédier.

« Pouvez-vous m'indiquer où est la poste ?

— !! La poste ? dit la patronne. Quelle poste ? Je ne vois pas de quoi vous voulez parler ?

— C'est pour faire parvenir ce petit mot dans le réel.

— Dans le réel ? Ah, il n'y a qu'un moyen, monsieur, c'est la bouteille à la mer, mais attention, pas n'importe quelle bouteille ! Il faut une bouteille spéciale…

— Ah ? Et où peut-on se procurer ce genre de bouteille ?

— Chez Balthazar ! Il n'y a que lui qui en fabrique… C'est un souffleur de verre comme on n'en fait plus. Il est l'inventeur de la bouteille à géométrie variable…

« – Où se trouve-t-il ?

– Dans le centre ville ! Vous demandez Balthazar. Tout le monde connaît.

– Et pour le centre ville ?

– Le centre ville ? Attendez… »

Elle sortit pour lui montrer le chemin.

« Vous voyez le hangar là-bas, à droite ? Eh bien, le pavillon de Balthazar est juste derrière !

– Merci ! »

Il se rendit donc, sans trop y croire, chez le souffleur de verre.

La pièce ressemblait à une cave. Partout des bouteilles.

Dans un coin, une forge qui ronflait. Au milieu de la pièce, Balthazar, assis sur un tabouret, soufflait dans un chalumeau et, à mesure qu'il soufflait apparaissait à l'extrémité du chalumeau une bouteille.

C'est-à-dire qu'au lieu de faire des bulles de verre et de les modeler ensuite en bouteilles, il soufflait les bouteilles «toutes faites», puis il les faisait cuire comme le boulanger son pain.

Il se servait pour le temps de la cuisson d'un sablier qu'il retournait avant de les enfourner et trois minutes plus tard, il les sortait du four.

Chez Balthazar

Il se rendit donc, sans trop y croire, chez ce souffleur de verre.

La pièce ressemblait à une cave. Partout des bouteilles.

Dans un coin, une forge qui ronflait. Au milieu de la pièce, Balthazar, assis sur un tabouret, soufflait dans un chalumeau et, à mesure qu'il soufflait, apparaissait à l'extrémité du chalumeau une bouteille...

C'est-à-dire qu'au lieu de faire des bulles de verre et de les modeler ensuite en bouteilles, il soufflait les bouteilles « toutes faites », puis il les faisait cuire comme le boulanger son pain.

Il se servait pour le temps de la cuisson d'un sablier qu'il retournait avant de les enfourner et, trois minutes plus tard, il les sortait du four.

C'était si suggestif qu'une bonne odeur de pain grillé flottait un instant dans l'atelier.

« Asseyez-vous ! lui dit Balthazar. Qu'attendez-vous de moi ?

– Je voudrais expédier ce message dans le réel.

– Rien de plus facile. Voyons… »

Il choisit parmi plusieurs bouteilles…

« Celle-ci, dit-il, devrait convenir… »

Il en retira le bouchon, glissa la carte roulée à l'intérieur.

« À l'aise ! » dit-il.

Il reboucha la bouteille, l'enroba de cire à cacheter, y appliqua son sceau et la tendit à Max :

« Voilà ! Vous n'avez plus qu'à la jeter !

– Combien vous dois-je ?

– Allons ! Je ne vais pas vous faire payer une bouteille vide !

– Ah ? Parce que… parfois, vous les vendez pleines ?

– Oui monsieur ! Je les vends garnies. Tenez, regardez ! (Il lui désigna le plafond.) Toutes ces bouteilles suspendues, qui s'entrechoquent comme des carillons, c'est ma musique !

Elles renferment toutes en leur flanc

l'image en trois dimensions qui me traversait l'esprit dans l'instant où je les concevais.

Regardez... à l'intérieur de celle-ci !

Je pensais à un paysage lunaire.

Cette autre-là, à un coucher de soleil sur la mer !

– Fabuleux ! s'exclama Max.

– Venez, lui dit-il, je vais vous montrer quelque chose... »

Il le fit passer dans la pièce à côté.

Les murs étaient couverts de rayonnages de bibliothèques contenant, à la place de livres, des bouteilles... et à l'intérieur de chacune de ces bouteilles, il y avait une tête...

Il y en avait des centaines alignées, des rangées entières, toutes étiquetées.

Max s'en approcha.

« Toutes ces figures virtuelles représentent les célèbres, les illustres personnages que les gens d'ici prétendent avoir été dans une vie antérieure ! »

Toutes ces têtes paraissaient vivantes, grâce à leur substance sans doute, résineuse, gélatineuse, que sais-je ? sulfureuse peut-être aussi... !

À chaque craquement du plancher, manifestement vétuste, elles donnaient l'impression de branler du chef, de dodeliner, allant même jusqu'à changer d'expression...

« Cela vous plaît ? » demanda Balthazar.
Max opina du chef.

« C'est prodigieux ! Qui est celui-là ? dit-il
en montrant une des têtes du doigt.

— Ramsès II !

— Et celui-ci ?

— Le vieux Noé ! »

Max faillit dire : C'est fou ce qu'il est ressemblant.

« Comment avez-vous obtenu un tel
résultat ?

— Simple ! Tandis que je donne forme à
une bouteille… je demande à l'intéressé d'ou-
blier qui il est… puis de remonter dans son
passé, de se "revoir" tel qu'il était au cours de
sa précédente vie… et de se décrire…

Il y a parfois des usurpateurs… L'un
d'eux prétendait avoir été, dans une vie antérieure, Danton, puis il était revenu sur ses
dires.

"Excusez-moi ! Ce n'est pas Danton que
j'ai été dans une vie antérieure, c'est Robespierre !"

Et puis, une troisième fois :

"Où avais-je la tête ?…

L'homme que je prétends avoir été, ce
n'est pas Robespierre, c'est Monte-Cristo que
j'ai incarné dans une précédente vie !"

Alors là, dit Balthazar, je n'ai pas pu laisser passer ça : "Je vous surprends en flagrant délit de mensonge ! Vous ne pouvez pas prétendre avoir été le comte de Monte-Cristo dans une précédente vie ! lui dis-je. Pour la bonne raison que le comte de Monte-Cristo n'a jamais existé, que c'est un personnage de roman d'Alexandre Dumas… !"

Il m'a répondu, avec un aplomb qui m'a stupéfié :

"Ça y est ! Voilà le nom que je cherchais… ! Alexandre Dumas ! Alexandre Dumas, c'était moi !"

Que vouliez-vous que je réponde ? (Obligé d'admettre !) Je l'ai félicité pour son œuvre !

– À qui ressemblait-il, ce pseudo Danton-Robespierre, alias Alexandre Dumas ? »

Balthazar désigna du doigt une bouteille à l'intérieur de laquelle il y avait une belle tête d'homme, qui ressemblait comme deux gouttes d'eau à Gérard Depardieu !

« Tenez, je vais vous faire une démonstration ! »

Il se mit à souffler dans son chalumeau.

Une énorme bouteille en sortit.

Soudain, Balthazar éclata d'un rire… cristallin…

« Qu'est-ce qui vous fait rire ?

– Vous ! Regardez-vous », dit-il à Max, en

désignant du doigt la bouteille qui s'élevait péniblement dans les airs.

Que vit Max à l'intérieur de la bouteille ?

Sa tête ! C'était sa propre tête qui le regardait et… qui lui souriait…

« Par quel sortilège ?…

– Aucun sortilège ! C'est un phénomène chimique d'une part et psychique de l'autre. Je m'explique. Le phénomène est chimique, parce que je me sers d'une substance qui, tout en s'apparentant à du verre, en diffère, en ceci que… »

Max ne l'écoutait plus.

Il suivait du regard sa tête à l'intérieur de cette bouteille qui évoluait dans les airs, allant d'un paysage lunaire à un coucher de soleil sur la mer !

Balthazar conclut en disant :

« C'est un phénomène de géométrie variable dont je suis l'inventeur. »

Il se remit à souffler dans son chalumeau, donnant naissance à une nouvelle bouteille.

Max jeta un petit coup d'œil à l'intérieur…

Gisant sur fond de sable, un petit bateau… un petit voilier modèle réduit.

Il y distingua assez nettement, malgré la miniaturisation de l'ensemble, des petits pompons rouges sur de minuscules « cols bleus » qui semblaient s'affairer. Il n'en croyait pas ses yeux.

« Magique ! s'écria-t-il.

– C'est pour la petite Marie, la fille de la patronne de l'hôtel. Aujourd'hui, c'est son anniversaire. C'est son "cadeau"…

– Une dernière question, dit Max, tandis que Balthazar l'accompagnait jusqu'à la porte… Pourquoi vous obstinez-vous à ne faire que des bouteilles ?

– Parce que, répondit-il, on m'en commande de plus en plus ! Bon nombre de gens qui sont dans la détresse achètent des bouteilles pour les jeter à la mer.

– Pourquoi à la mer ?

– Parce que ce n'est plus que là qu'un message de détresse risque d'être reçu et entendu !

– Ah ! ? »

Max jeta un dernier regard au-dessus de lui sur sa tête à jamais embouteillée qui dodelinait à l'intérieur de son habitacle.

Il lui fit de la main un petit signe d'adieu et il sortit sur la pointe des pieds, tandis que le rideau de verre tombait derrière lui. En sortant de chez Balthazar, très impressionné par ses étranges pouvoirs, sa science de l'alchimie… (Autant, lorsqu'il faisait chauffer ses boutcilles, il planait une bonne odeur de pain

49

chaud, autant, lorsqu'il les garnissait, il y avait des relents de soufre !)

Max se dit :

« Qu'avait-il été dans une vie antérieure, ce Balthazar ? Jehovah ou Belzébuth ? »

CHAPITRE VII

Le gardien de phare

Dès qu'il fut dehors, Max s'empressa d'aller «poster» sa bouteille à la mer.

Au lieu de se cacher du gardien, il décida de le braver.

Il se rendit à l'endroit précis où le gardien l'avait tiré comme un pigeon.

Il l'interpella même :

«Gardien ?»

Celui-ci surgit du haut de sa coupole, comme un diable de sa boîte.

«Encore vous !»

Max brandit sa bouteille pour montrer qu'il n'avait rien à cacher.

Le gardien sembla apprécier.

«Attendez ! Je descends.»

Il devait dévaler les marches quatre à quatre parce qu'il ne tarda pas à paraître devant la porte. Tout de suite, il lui tendit les

bras, sans doute pour lui montrer qu'ils
étaient désarmés...

« Vous ne m'aviez pas dit que vous étiez
des nôtres ?

– Je ne l'étais pas encore ! répondit Max.

– Entrez, vous lancerez votre bouteille
à message depuis la passerelle supérieure !
Elle atteindra plus vite la haute mer. Suivez-
moi ! »

Ce que fit Max en s'appuyant tant bien
que mal sur la corde molle qui servait de
rampe.

De chaque côté des marches étaient entassées des bouteilles...

De temps en temps, il y en avait une ou
deux qui dégringolaient pour aller se fracas-
ser au pied de l'escalier en colimaçon...

Ils débouchèrent sur une espèce de balcon
circulaire d'où partaient quelques degrés supplémentaires qui donnaient accès à la coupole où se trouvait la lampe à arc.

Il y avait des bouteilles partout entassées,
les unes sur les autres...

Le gardien était en mal de confidence.

En fait, il parla surtout des bouteilles.

« Comme vous voyez, je suis isolé du
monde. Toute information passe par les bouteilles. Or, les bouteilles... sont attirées par la
lumière du phare...

Je devrais, à chaque fois, sauter dans le canot de sauvetage… et me porter au secours de ces bouteilles en perdition…

Mais… j'ai tellement été échaudé… je suis si souvent tombé sur des bouteilles bidon lancées par des farceurs, des plaisantins…

Que n'ai-je trouvé à l'intérieur de ces bouteilles, au temps où j'allais les repêcher !

Il n'y a que lorsque, portées par la marée montante, elles viennent s'échouer au pied du phare que je consens à les recueillir.

De temps en temps, j'en débouche une au hasard. »

Joignant le geste à la parole, il prit une bouteille déjà ouverte. À l'aide de son doigt, il en extirpa une lettre (lettre écrite par une femme de marin à son marin de mari).

« Cher Yannick,

As-tu reçu ma dernière bouteille ?

Tu es parti, comme d'habitude, sans laisser d'adresse… sans me dire où tu allais…

Si, "en mer", m'as-tu dit d'un ton sibyllin !

J'en suis réduite à envoyer une bouteille à la mer chaque fois que j'ai quelque chose à te dire ou à te demander. Mais, à chaque fois, elle reste sans réponse.

Celle-ci est la treizième bouteille que je

lance à la mer. Tu pourrais bien, de temps en temps, m'"offrir" aussi une bouteille !

Je ne te demande pas d'y glisser quelques mots affectueux, bien que cela me ferait plaisir, mais, pour l'amour du ciel, simplement pour me signaler que tu es toujours en vie… »

« Voilà ! C'est touchant, non ? » dit le gardien en enroulant la lettre et en la remettant dans sa bouteille.

« En voici une autre ! Ce n'est pas une lettre, mais une coupure de journal, un extrait de presse…

En gros titre, à la une : Sauvetage d'une bouée !

L'article relatait l'événement…

Voici les faits…

Cela se passe dans les Quarantièmes Rugissants…

Un orage éclate. Luttant contre un fort vent debout, un bateau tangue.

Une bouée de sauvetage, mal arrimée, tombe à l'eau. Sur le pont, un jeune matelot a vu le drame.

Il s'écrie : "Une bouée de sauvetage à la mer !"

Mais les grondements du tonnerre couvrent sa voix. Le temps d'un éclair, le matelot

54

pense à tous les hommes que cette bouée a sauvés du naufrage.

Va-t-il la laisser se perdre corps et biens ?

Ce serait trop injuste ! pense-t-il.

Et puis, en sauvant cette bouée d'une disparition certaine, ne sont-ce pas des futures vies qu'il sauverait par anticipation ?

Courageusement, le matelot se jette à l'eau.

Aussitôt, il se met à nager vers la bouée en détresse.

Mais, plus il croit s'en approcher, plus il s'en éloigne. À lutter contre les éléments déchaînés, très vite, il sent ses forces l'abandonner…

Il est paralysé par le froid. C'est alors qu'il voit la bouée s'approcher de lui… S'il pouvait la saisir, il serait sauvé. Dans un ultime effort, il tend le bras. Trop tard !

Il se sent pris dans un tourbillon et coule à pic. "Drame de la mer."

Et puis, me dit le gardien, il y a là un message qui n'a pas encore été envoyé.

Je vous le lis :

"Il y a quelques jours, un gardien de phare découvre sur la grève, à moitié enfoui dans le sable, le corps d'un matelot, le jeune Yannick, qui semblait dormir…

Sur sa poitrine, ni fleurs, ni couronnes,

mais quelque chose qui ressemblait, comme deux gouttes d'eau, à une bouée de sauvetage !" »

Le gardien de phare roula son message comme s'il se roulait une cigarette, il le glissa dans la bouteille restée ouverte, la cacheta et la lança à la mer, le plus loin possible !

Max en fit autant de la sienne.

« Un petit coup de rouge ? dit le gardien en sortant une bouteille de derrière les fagots. C'est la bouteille du patron !

— Ce n'est pas de refus ! dit Max.

— À la vôtre !

— À la vôtre !

— Qu'allez-vous faire maintenant ? lui dit le gardien.

— Il me reste à savoir si mon partenaire…

Je préfère l'appeler "partenaire" plutôt que "client", puisqu'il s'est avéré qu'il avait autant d'imagination que moi, si ce n'est plus… si mon partenaire, donc, a franchi en même temps que moi la limite permise ou s'il est resté dans mon imaginaire, à la poursuite de ses petites femmes voilées…

S'il est ici, il faut que je le retrouve.

— Pourquoi ne feriez-vous pas le tour de l'île ? Elle n'est pas si grande, dit le gardien.

— Et pourquoi pas ?

56

– Vous traversez la plage, vous longez la côte et... c'est tout droit !

– ! !

– Lorsque vous verrez mon phare devant vous, alors qu'au départ il aura été derrière vous, vous saurez que vous avez fait le tour de l'île... »

Max se demanda si le gardien ne se moquait pas de lui... Mais non !

« Je vous dis cela, ajouta le gardien, parce que l'île étant une succession de plages qui se ressemblent comme deux gouttes d'eau... S'il n'y avait pas mon phare pour servir de point de repère ou de point de ralliement, vous risqueriez de faire plusieurs fois le tour de l'île, et, à la limite, de vous y perdre !

– Vous exagérez ! dit Max.

– À peine ! À ce propos, avez-vous entendu parler des randonneurs ?

– ! ! Non ! Qu'est-ce que c'est ?

– C'est un groupe de marcheurs.

Leur passion, c'est la marche à pied.

Or, comme notre île (l'île des Robinsons) est toute petite, ils en ont trop vite fait le tour.

Ils se sont sentis frustrés. Ils ont donc décrété, pour allonger la durée de la randonnée, que l'île ferait dix tours.

Seulement voilà, à chaque tour, ils venaient buter contre la réalité de mon phare.

Alors, au lieu de faire un détour, de l'ignorer, ils l'ont incorporé dans leur circuit, tant et si bien qu'au lieu de dire : "On va faire le tour de l'île", ils disent : "On va faire le circuit des phares !"

— Comme chez nous, on dit : "On va faire le tour des châteaux de la Loire ?" dit Max.

— C'est ça ! Ils considèrent mon phare comme un château. Ils s'arrêtent et s'extasient :

"Oh, le beau phare !"

— Ces randonneurs ne se rendent pas compte que c'est toujours le même phare ?

— Si ! Ils ne sont pas dupes. Mais ils jouent le jeu et moi aussi, car j'en maquille la façade ! J'aide à l'illusion…

— Comment ?

— Vous voulez voir mon phare des Robinsons se transformer en phare d'Ouessant ? »

Il sortit d'un tiroir une bannière soigneusement roulée comme un tapis. Il en accrocha le haut à l'extérieur du « balcon » de son phare, côté village, et laissa la bannière se dérouler le long du mur, comme une tenture, jusqu'au sol.

Max se pencha pour juger de l'effet.

« Descendez ! dit le gardien. Vous la verrez mieux du parterre que du balcon ! »

Max descendit les escaliers quatre à

quatre ! Paradoxalement, c'est comme si un rideau s'était levé sur la façade du phare, recouverte d'une toile de fond rouge sur laquelle on pouvait lire en lettres d'or « Phare d'Ouessant ».

« Bravo ! cria Max.

– Attendez ! cria le gardien. Ce n'est que le premier tableau !

Le temps que les randonneurs fassent un nouveau petit tour… deuxième tableau ! »

Sans même « remonter » la bannière d'Ouessant, le gardien la recouvrit de celle de Belle-Île-en-Mer. Suivirent les bannières des phares suivants : Île-d'Yeu, Cordouan, Biarritz, Porquerolles, Cap-Ferret, La Garoupe, cap Fréhel et île de Batz !

« Grandiose ! » dit Max.

Après avoir félicité le gardien pour sa prestation, Max se mit en route… avec l'impression d'avoir vu un spectacle dont l'originalité résidait dans le changement de décor… à vue !

CHAPITRE VIII

Le mirage

La marche le long des côtes était pénible, éprouvante, d'autant que le vent s'était levé qui freinait sa progression à tel point qu'à un moment, il eut l'impression de marcher sur place, comme il le faisait sous le chapiteau.

Il s'apprêtait à faire demi-tour, lorsqu'il vit un panneau que le vent avait à moitié renversé, sur lequel on pouvait lire « MIRAGE à 20 mètres » souligné d'une flèche qui en indiquait la direction. Max se souvint des paroles de la patronne de l'hôtel.

« L'originalité de ce mirage, c'est que chaque jour, il a un aspect différent et plus étrange encore à chaque apparition, il évoque une image déformée du réel. C'est la seule curiosité touristique de l'île… On y tient ! »

Max eut soudain envie de voir « ça ».

Il redressa le panneau et l'enfonça plus profondément dans le sable.

C'est alors qu'il aperçut devant lui, à une vingtaine de mètres de là, un homme bardé d'appareils photo, qui se tenait debout sur un petit rocher.

« C'est vous qui m'avez acheté une carte postale ?

– !! Qui êtes-vous ? dit Max.

– Je suis le photographe du mirage. Je viens prendre en photo celui d'aujourd'hui.

– Où a-t-il lieu ? »

Le photographe désigna un point devant lui…

« Là-bas ! »

Max s'y rendit. Le mirage se faisait attendre. Le temps était en train de se gâter. Le ciel menaçait.

De ciel d'azur… il tournait au ciel d'orage ! D'épais nuages blancs se confrontaient à de lourds nuages noirs…

Grandiose et redoutable !

Un ciel de Rembrandt !

La lumière ambiante donnait l'impression d'être réverbérée.

Max chercha du regard un éventuel abri.

Il aperçut vaguement les contours d'une espèce de bâtisse rudimentaire.

Elle lui fit penser à ce que l'on nomme,

dans une autre île (bien réelle celle-là) dite île de Beauté, une paillote !

Devant la façade, une terrasse, avec quelques tables entourées de quelques bancs !

Il s'en approcha.

Celui qui devait être le patron, coiffé d'une toque blanche, semblait l'attendre.

« Vous venez pour le mirage ?

– Oui !

– Vous êtes un peu en avance. Voulez-vous que je vous serve quelque chose en attendant ?

– Euh… oui ! Volontiers ! Qu'est-ce que vous avez ?

– Des moules-frites ! »

Max crut d'abord à une plaisanterie.

Mais l'odeur qui planait sur la paillote et l'accent belge du chef confirmaient le menu… !

« Va pour une moule-frites ! »

Le chef poussa la double porte, style saloon…

« C'est parti ! »

Max était ravi. Non seulement, l'occasion lui était donnée de voir de ses yeux le fameux mirage, mais de plus de se restaurer !

Il n'avait rien mangé depuis qu'il avait posé le pied sur l'île…

La double porte claqua.

« Et une moule-frites pour monsieur… une fois ! dit le chef en revenant.

– Je vois, d'après votre accent, que vous êtes belge "une fois" ! dit Max en imitant son accent.

– Non, deux fois ! dit le chef. Je suis né wallon, mais j'ai été, dans une vie antérieure, un célèbre peintre flamand. Vous avez entendu parler de Rembrandt ?

– Bien sûr !

– Eh bien, c'était moi !

– Ciel ! »

Le chef posa devant Max la marmite, en souleva le couvercle. Effectivement, la marmite était pleine de… moules.

« Et… et les frites ? demanda Max.

– Elles sont à l'intérieur des moules.

– Pardon ?

– C'est ma spécialité… On ouvre la moule, on place la frite à l'intérieur… on referme le tout et on fait mijoter ! »

« D'une certaine manière, c'est un artiste ! » pensa Max. D'autant que c'était bon !

Tandis qu'il mangeait, Max s'aperçut que, grâce au ciel, le vent était retombé aussi vite qu'il s'était levé. Les nuages étaient allés crever plus loin.

Le ciel avait repris sa couleur bleue qui lui allait si bien.

« Je vous prie de m'excuser d'interrompre votre repas, dit le patron en faisant irruption sur la terrasse, mais si vous voulez voir le mirage, c'est le moment !

– Ah ! » dit Max.

Il se leva, retira sa serviette et quitta, à regret, ses moules-frites qu'il n'avait pas terminées.

« Vous me les tenez au chaud », dit-il.

Il rejoignit le photographe, sur son rocher.

« Alors, dit celui-ci, qu'en pensez-vous ?

– De quoi ?

– Du mirage ?

– J'attends de l'avoir vu, dit Max.

– Comment ! Mais il vient d'avoir lieu !

– !! Ah ? Cela a dû se produire pendant que je me restaurais.

– Heureusement, je l'ai pris en photo ! Regardez ! »

Il tendit le cliché.

Max éclata de rire...

« Vous avez fait une erreur monumentale... !

Ce que vous avez pris pour le mirage, c'est une paillote !

– !! Une paillote ? Quelle paillote ?

– La paillote qui est là ! (Il en désigna l'endroit.)

– !! Je ne vois rien ! »

Max n'en croyait pas ses yeux ! Tout avait disparu. Volatilisé, évaporé, effacé de la carte ! Seule flottait sur le « site » une persistante odeur de moules-frites !

« Que s'est-il passé ? Que s'est-il passé ? répétait-il, éberlué.

— Il s'est passé, dit le photographe, que ce que vous avez pris pour une paillote, c'était tout bonnement le mirage lui-même !

— Ce n'est pas possible ?

— Si ! Et que, étant "dedans", vous n'avez pas pu l'observer du "dehors" !

Allez, bonne journée ! Salut ! »

Max regarda une dernière fois la photo et, en l'examinant attentivement...

Ce personnage, attablé sur la terrasse... ? Mais oui, c'était bien lui !

Il glissa la photo dans sa poche et reprit son tour de l'île, en regrettant de n'avoir pas eu le temps de finir ses moules-frites !

CHAPITRE IX

Le voyage en ballon

Tout à ses pensées, Max ne s'était pas aperçu que, depuis un certain temps, quelqu'un marchait à côté de lui… Lorsqu'il en prit conscience, il s'arrêta…

« Qui êtes-vous ? Je vous connais ?

— Je m'appelle Blaise, dit l'homme. Vous ne me connaissez pas mais moi, je vous reconnais. Je vous ai vu, je ne sais combien de fois, dans le réel, sous le chapiteau des Invalides…

Cela ne vous ennuie pas que je vous accompagne un bout de chemin ?

— Non, au contraire ! »

Max n'était pas fâché de trouver quelqu'un à qui parler…

« J'étais, poursuivit l'homme, un de vos spectateurs les plus assidus. Je vous dois quelques beaux voyages au pays des merveilles.

Je connais toutes vos pantomimes par cœur, "l'homme qui a soif et qui boit", naturellement, mais celle que je préfère, qui m'a le plus marqué, c'est "le voyage en ballon".

C'est d'ailleurs au cours d'un de ces voyages que je me suis fourvoyé jusqu'ici.

– Comment êtes-vous parvenu dans l'au-delà de l'imaginaire ? Cela m'intéresse ! lui dit Max.

– Justement, de la façon la plus originale qui soit, en ballon !

– En ballon ?

– Au départ, c'était une idée en l'air… et puis, petit à petit, elle a pris la forme d'un ballon… (J'allais dire : elle a pris du poids.)

C'est la première fois que j'usais de ce moyen de transport.

Mon ambition était de voir jusqu'à quelle hauteur on pouvait aller dans le ciel de l'imaginaire.

Lorsque j'ai commencé mon ascension, j'étais plein d'idées, Dieu merci !

Il me suffisait d'en lancer une en l'air, et le ballon, délesté, prenait de la hauteur…

Lorsqu'il commençait à en perdre, je lançais une nouvelle idée par-dessus bord et le ballon reprenait son ascension.

Je dois dire qu'au-dessus de cinq mille pieds, lorsque je m'aperçus que les étoiles qui me servaient de repères s'éloignaient au fur et à mesure que je croyais m'en approcher, je compris que mon univers imaginaire était, comme celui du réel, en perpétuelle expansion, sans limites, sans bornes…

Je fus pris d'une angoisse métaphysique… L'idée de monter toujours plus haut me parut dérisoire, que dis-je, suicidaire…

Je compris ce que voulait dire "l'inaccessible étoile". Mieux valait rester ver de terre et amoureux !

— Comment êtes-vous redescendu ?

— Dieu merci, mon ballon était captif.

— C'est-à-dire ?

— C'est-à-dire qu'il était retenu au sol par une corde extensible, monsieur Max, aussi extensible qu'expansif était l'espace !

— Sage précaution !

— Je me suis laissé glisser le long de la corde. Quelle descente, monsieur Max !

Interminable ! J'avais beau prier le ciel que ma corde ne se rompe pas !

Plus ma prière s'élevait dans les nues, plus j'avais l'impression qu'elle se perdait dans "le silence éternel des espaces infinis"…

— Vous avez cité Pascal, là ?

— Oui ! Il fut un temps où ses pensées étaient les miennes ! »

Max se demanda si la métempsycose n'était pas une maladie de l'imaginaire !

« Et enfin, vous retouchâtes terre ? dit Max.

– Oui ! Seulement, poussé par quelque vent contraire, au lieu de regagner mon imaginaire, je me suis retrouvé dans l'au-delà, comme vous !

C'est-à-dire en cet endroit dont on ne peut sortir que par la mer ! Que par la mer !

C'est du moins ce que prétend l'amiral. Il n'y a pas d'autre issue pour retrouver le monde réel, celui d'où nous venons tous ! Le seul valable, là où le ciel est le ciel, les étoiles des étoiles et les êtres, des âmes, pas des virtuels, puisque c'est ce que, paraît-il, nous sommes devenus… »

Sur ces paroles d'espoir, ils se séparèrent, en se promettant de se revoir bientôt.

CHAPITRE X

Les randonneurs

Lorsqu'enfin, Max aperçut le phare devant lui, il sut qu'il n'avait plus qu'une plage à parcourir pour boucler son tour de l'île… Il déboucha sur une étendue de sable qui n'avait rien d'une plage, d'abord parce que le lieu s'écartait du bord de mer, ensuite parce qu'il aboutissait à une succession de dunes plus hautes les unes que les autres… C'est alors qu'il crut voir défiler des chameaux à la queue leu leu sur la crête des dunes…

Très vite, il comprit que c'étaient les randonneurs qui portaient leur sac sur le dos !

L'un d'eux s'écria, en le voyant :

« Mais c'est Max ! »

Tous s'arrêtèrent.

« Oh ! Hé ! C'est bien vous, Max, le dernier venu dans notre île ?

— ! ! Oui !

— Il paraît que, dans le réel, vous étiez un artiste, un mime-parleur ? ("Décidément, c'est mon jour !" pensa Max.)

— C'est exact !

— Racontez-nous une histoire ! »

Max se fit prier.

« Une histoire ! Une histoire ! »

Il finit par accepter.

« Bon ! »

Les randonneurs posèrent leur sac et firent cercle autour de lui.

« Il était une fois… commença Max.

— Ah non ! dit l'un d'entre eux. Pas celle-là, on la connaît !

— Alors, je vais vous en dire une autre : il était autrefois un homme riche. Il avait fait fortune en vendant des Bibles. D'ailleurs, il avait toujours pensé que la Bible, c'était un livre de contes parce que, évidemment, il ne l'avait pas lue.

Un jour, il ouvrit une de ses Bibles. Il n'avait jamais eu le loisir de le faire, absorbé qu'il était par la bonne tenue de ses propres livres de compte. Et il lut ceci :

"Heureux les pauvres en esprit, le royaume des cieux leur appartient !"

Il pensa : Je ne vois pas en quoi cela me concerne ? Il tourna la page et passa au cha-pitre suivant :

"Il est plus facile à un chameau de passer par le trou d'une aiguille qu'à un riche d'entrer dans le royaume des cieux !"

Là, soudain, il se sentit visé ! Aussitôt, il marqua la page d'un signet. Il regarda le nom de l'auteur : saint Luc.

"Mais il parle de moi, ce saint Luc ? Je ne le connais même pas !"

C'est alors qu'il vint me consulter.

"Qu'il soit plus difficile à un homme riche d'entrer au royaume des cieux, me dit-il, je le conçois. On ne peut pas tout acheter…

Mais qu'il soit plus facile à un chameau de passer par le chas d'une aiguille… j'en doute. Cela reste à prouver."

Je lui dis :

"Mais, monsieur, moi, je peux vous le prouver… ! Je vais, si vous le voulez, vous en faire la démonstration… pas grandeur nature à l'échelle humaine, il faudrait, pour ce faire, faire venir un chameau… plus une botte de foin pour sa nourriture.

Ensuite, il faudrait chercher une aiguille.

Or, pour trouver une aiguille dans une botte de foin, c'est encore plus difficile que pour un riche d'entrer au royaume des cieux.

Non ! Je vais donc transposer. Je vais me servir des mots…

Le pouvoir évocateur des mots est tel que,

si je vous dis, à vous l'homme riche, que je tiens entre le pouce et l'index une aiguille… est-ce que vous la voyez ?"

Il me dit :

"Oui, monsieur !

– Bien ! Si vous regardez de plus près, est-ce que vous voyez son chas, le chas de l'aiguille ?

– Oui, monsieur !

– Bon ! Si je vous dis que je tiens dans l'autre main le mot 'chameau', est-ce que vous le voyez ?

– ! ! Non, monsieur !

– ! ! Écoutez ! Si vous voyez l'aiguille, vous ne pouvez pas ne pas voir le chameau… hein !

Ne cherchez pas la petite bête !

Est-ce que vous voyez le chameau ou pas ?

– ! ! Maintenant que vous me le dites…

– Bon ! Alors d'un côté, il y a le mot 'chameau' et de l'autre, le mot 'aiguille' !"

Et vous, mesdames et messieurs les randonneurs, est-ce que vous voyez bien les mots que je prononce ? »

Les randonneurs, comme un seul homme : « Oui !

– Merci ! Alors, suivez bien le fil de mon histoire… Donc, il s'agit de faire passer ce chameau dans le chas de cette aiguille.

74

Tout de suite, on s'aperçoit qu'il y a un mot qui est plus gros que l'autre, le mot "chameau" et que, si je veux faire passer le gros mot "chameau" dans le petit mot "chas" de l'aiguille, il va falloir que je simplifie.

Je coupe donc le mot "chameau" en deux. Je mets le demi-mot "meau" (du mot "chameau") de côté. Je m'empare du demi-mot "cha". Je l'approche du "chas" de l'aiguille…

À partir de ce moment, l'histoire se raconte à demi-mot.

J'approche donc le demi-mot "cha" du chas de l'aiguille.

Entre "cha", le courant passe… Vrouf!

Le demi-mot "cha" passe comme une demi-lettre à la poste de l'autre côté de l'aiguille.

Bon! Je reprends le demi-mot "meau" du mot "chameau". Je le fais glisser le long du fil de mon histoire. Comme je m'apprête à l'introduire dans le chas de l'aiguille, le demi-mot "meau" se refuse…

Il a un mouvement de répulsion…

C'est comme un rejet d'organe.

Je ne me décourage pas.

Avec le fil de mon histoire, j'attache les deux pattes du demi-mot "meau", je l'embobine. Je lui donne l'aspect d'une pelote de fil…

Est-ce que vous voyez la pelote de fil se balancer au bout du fil de mon histoire ?

Bon ! J'humecte le bout du fil…

Je le glisse dans le chas de l'aiguille et je hisse la bobine à hauteur du chas. Le "chas", prenant le demi-mot "meau" pour une bobine de fil, se met à jouer avec.

Là, je tire doucement pour ne pas casser le fil de mon histoire et pour ne pas blesser l'animal… Et vrouf ! Le demi-mot "meau" (du mot "chameau") passe de l'autre côté et va rejoindre son demi-mot "cha" ! Il ne me reste plus qu'à repasser le fil de mon histoire dans le chas de l'aiguille… et avec l'aiguille recoudre les deux demi-mots du mot "cha-meau". (Il mimait l'action.)

Conclusion :

Le chameau reconstitué est bel et bien passé par le chas de l'aiguille.

— Et l'homme riche… ? Comment s'y est-il pris pour entrer au royaume des cieux ? dit celui qui semblait être le chef des randonneurs.

— Il s'est tout bonnement accroché à la queue du chameau !

— Bravo ! HA ! HA ! HA !…

— Voulez-vous vous joindre à nous ? dit l'un des randonneurs.

— Vous êtes gentil, dit Max, mais je m'arrête au prochain phare !

— Dommage ! Les autres valent le détour !

— Oh, vous savez, moi, je ne suis pas fou des phares ! Les phares, quand on en a vu un, on les a tous vus ! Allez, bonne route !

— Salut, Max ! »

CHAPITRE XI

L'homme-thon

De retour au port, en passant devant le bistrot « Chez Léon », Max vit une multitude de pêcheurs qui en sortaient et qui y entraient…

Poussé par la curiosité et le désir de se détendre, il poussa la porte. L'atmosphère était chaude et bruyante. Max se rendit au bar. Autour de lui, les pêcheurs discutaient ferme. Ils comparaient leurs prises…

Propos cent fois entendus !

« Moi, disait l'un, j'ai pris un saumon grand comme ça !

— Moi, rétorquait l'autre, j'ai pris un saumon plus grand que ça !

— Eh bien moi, surenchérissait un troisième… »

Soudainement, la porte s'ouvrit avec force et un type entra, en tenue de plongeur ! – col-

lant de caoutchouc –, palmes aux pieds...
lunettes sous-marines et bonbonne sur le dos,
dont il tenait l'embout dans la bouche...

Aussitôt, le silence se fit.

Max demanda au barman :

« Qui est-ce ?

– On l'appelle "le plongeur". C'est
un ancien marin pêcheur... Depuis qu'on l'a
repêché en mer, il se prend pour un thon.

Il va clamant sur tous les tons qu'il est un
thon ! (S'adressant à l'intéressé :)

N'est-ce pas que vous êtes un thon ?

– Exact ! Je suis un pauvre thon ! »

Après avoir retiré son embout et le remettant aussitôt en bouche, comme un vieux
marin sa pipe, il s'approcha du bar où Max
était accoudé et, retirant à nouveau son
embout, il dit au barman :

« Le plein, s'il vous plaît !

– En eau plate ou en eau pétillante ?

– En plate ! »

Et, tout en remplissant la bonbonne, le
patron du bistrot, Léon, dit à Max à voix
basse :

« Il est thon comme une baleine... »

Il faut dire que les gens qui se prennent
pour ce qu'ils ne sont pas fascinaient Max...
Il éprouva le besoin d'en savoir plus :

« Dites, mon brave... ? Puis-je vous poser

80

quelques questions? Je viens... (Max cherchait un prétexte...) Je viens pour un article...

— De pêche?

— C'est ça! Un article de pêche intitulé: (il improvisa)

"La vie des thons hors de l'eau."

— Je suis votre homme.

— Ce n'est pas à l'homme, précisément, que je m'adresse mais au thon que vous prétendez être...

— Je le prétends parce que je le suis!»

Max poursuivit:

«Écoutez... Sans vous offenser, ne seriez-vous pas plutôt un pêcheur qui se prendrait pour un thon?

— Non! C'est tout le contraire! Je suis un thon qui, dans un moment d'égarement, s'est pris pour un pêcheur! Oui, monsieur, je bats ma coulpe, je l'avoue! J'ai pêché comme tous ceux (les pêcheurs ou soi-disant tels) qui sont ici... comme vous, sans doute...

— Ah non! Moi, je n'ai jamais pêché!

— Ah, je n'aime pas beaucoup les gens qui n'ont jamais pêché... Ils ont tendance à vous jeter la première pierre...

Bref! Comme tous les pêcheurs qui sont ici, je me suis pris pour un des leurs! (Les désignant) Vous les voyez comparer leurs prises ? Eh bien, nous, nous comparions nos leurres… »

Max intervint :

« Attendez ! Là, j'ai du mal à vous suivre… Qu'est-ce que vous entendez par "leurres" ?

– Ce que les pêcheurs ou soi-disant tels appellent "leurres", ce sont ces appâts artificiels que l'on accroche au bout de sa ligne pour leurrer les pauvres thons… »

Poursuivant son récit :

« Bref ! Me considérant comme un des leurs, je leur montrais mes leurres… et eux, ils me montraient les leurs.

Évidemment, c'était à celui qui, avec son leurre, avait pris le plus gros thon ! »

Max éprouva le besoin de faire une pause :

« Puis-je vous offrir un verre ? dit-il.

– Volontiers ! Léon, comme d'habitude !

– De l'oxygène ?

– Oui ! Un ballon ! »

Léon, après avoir lancé un clin d'œil à Max, saisissant une bouteille d'une main et un ballon de l'autre, lui dit :

« Il le prend… sans rien… comme ça… pur ! »

Le plongeur, après avoir respiré quelques bouffées d'oxygène :

« Où en étais-je ? Ah oui ! Là, je me suis dit : Henri…

82

– Parce que vous vous prénommez Henri ?
dit Max.

– Oui, Henri ! Mais appelez-moi Riton !

– Pourquoi Riton ?

– Parce que c'est drôle ! HA ! HA ! »

Là, Max comprit que l'oxygène faisait
déjà son effet.

« Riton comment ?

– Riton-thon, comme mon père !

– Ah ! Parce que votre père est aussi un
thon ?

– Forcément, puisque je suis son fils !

– ! ! Comment vous différencie-t-on ?

– Moi, on m'appelle "thon-fils" par rapport au père que l'on appelle "thon-père" !

– Là, je ne vous suis pas très bien, avoua
Max.

– C'est pourtant simple… Par rapport au
père-thon, moi, je suis thon-fils !

– Mais "thon-père", il vous appelle bien
"thon-fils" ?

– Non ! Il m'appelle fiston !

– Vous vous entendez bien, entre "thon-
père" et "thon-fils" ?

– Oui, quoique parfois, on ait des prises
de bec…

– Par exemple ?

– On se traite de "saumon" ! C'est la
suprême injure-thon : saumon ! Je dis à "thon-

père" : vous n'êtes qu'un saumon-père ! Et "thon-père" me répond : tu es encore plus saumon-fils que ton père ! Et le ton monte ! Vieux thon !

— Thon-gueule !

— Et cela se termine ? intervint Max.

— Par un gueuleton… chez tonton !

— Parce que vous avez un tonton aussi ?

— Oui ! C'est le plus thon de tous !

Il ne parle que le thon !

— Et vous, vous comprenez le thon ?

— Je l'ouïs, oui ! Mais lui, il pense "thon"…

— Exemple ?

— Prenons une phrase de pêcheur… "Homme, tu n'es que poussière et retourneras en poussière !"

Savez-vous comment il traduit ça, le tonton ? "Thon, tu n'es que miettes et retourneras en miettes !" Il est ton comme un ténor… plus grave même… comme un baryton ! »

Tout en poursuivant son récit, de temps en temps, il reprenait en main son « ballon » d'oxygène et, avidement, il en aspirait quelques bouffées.

« Je me suis dit : Riton ! Tu vas leur montrer à tous ces vantards que tes leurres sont les meilleurs ! Tu vas leur rapporter un thon plus grand que les leurs. Aussitôt, je monte dans ma barque et je prends le large… un large grand comme… enfin, le grand large, quoi !

Arrivé en haute mer… une mer haute comme… une mer aussi haute que le large était grand…

Bref ! Arrivé en haute mer, je lance ma ligne et je surveille mon bouchon… Et tout de suite, un thon… mord… enfin un thon mord… un thon, bien vivant, mord !

Je vois mon bouchon qui s'enfonce… Je tire… et je ramène le thon vers ma barque en essayant de noyer le poisson…

Je me disais : "D'après les remous, cela doit être un thon géant !"

En fait de thon géant, monsieur, c'était une sardine naine !

— Il n'y avait pas de quoi se vanter.

— Non ! J'ai failli la rejeter à la mer.

Et puis, me suis-je dit, non ! Avec cinq petites sardines comme celle-là, on peut déjà remplir une boîte…

J'ai pris une boîte de thon vide… – je n'avais pas prévu de boîte de sardines puisque je pêchais le thon ! Comme la mer était d'huile, j'en ai rempli la boîte.

J'ai retiré l'eau.

Je n'ai conservé que l'huile.

J'ai déposé ma sardine dans ma boîte de

thon en me disant : il ne me reste plus qu'à la compléter avec d'autres sardines !

— Excusez-moi, intervint Max, mais là, j'ai l'impression que vous envoyez le bouchon un peu loin !

— Non, monsieur ! Sachez que, bien que les sardines et les thons naviguent de conserve, les sardines se conservent mieux dans des boîtes de thon. Point ! À la ligne !

— Admettons !

— Je relance la mienne (ma ligne)… cette fois-ci avec une telle force que le leurre, par un effet de boomerang… m'est revenu dans la figure !

— Retour à l'envoyeur !

— Effectivement… en vrai thon que je suis, spontanément, j'ai ouvert la bouche toute grande et j'ai mordu à l'hameçon. L'instinct !

Naturellement, en bon pêcheur que j'étais… j'ai ferré sec et… je me suis enferré…

— Tel est pris qui croyait prendre ! HA ! HA !

— Cela vous fait rire ?

— Mais non, Riton !

— Appelez-moi Henri, voulez-vous ?

— Pourquoi Henri ?

— Parce que ce n'est pas drôle !

Bref ! Sous le choc, la barque s'est retournée et je me suis retrouvé dans l'eau parmi un banc de thons qui m'ont tout de suite reconnu comme l'un des leurs. Nous étions sur la même longueur d'onde.

– Et vous êtes resté longtemps sous l'eau… enfin parmi les thons ?

– Hélas non !

J'ai tout de suite été repêché par des marins qui levaient leurs filets dans les parages…

Lorsque je leur ai dit que j'étais un thon, ils n'ont pas voulu me croire.

– Tant mieux !

Ils auraient été capables de faire de vous des miettes et de vous mettre en boîte !

– Ça, monsieur, pour la mise en boîte, ils ne s'en sont pas privés ! Et s'ils ne m'ont pas réduit en miettes, c'est grâce à ma franchise…

Parce que je suis le seul thon, parmi toute cette bande de thons, assez courageux pour reconnaître qu'il est un thon !

Tous les autres, ceux que vous voyez ici, dans cette salle, se prennent pour des pêcheurs !

– !! À quoi voyez-vous que ce sont des thons ? interrogea Max.

– !! Vous ne trouvez pas qu'ils me ressemblent étrangement ?

– Certes !... Dites, entre nous (de vous à moi), vous n'en avez pas plein le dos de vous affubler de la sorte, de vous encombrer de tout cet attirail de plongeur, alors que vous pourriez vous montrer dans votre plus simple appareil ?

– C'est une question de survie, monsieur ! Mais je ne vous cacherai pas que, parfois, il me prend l'envie de me jeter à l'eau !

– Vous y seriez dans votre élément...

– Le drame, monsieur, c'est qu'il m'arrive la pire des choses qui puissent advenir à un thon qui s'est pris trop longtemps pour un pêcheur... Je ne sais plus nager ! »

Il a remis son embout en bouche.

Il est passé derrière le comptoir et il s'est mis à faire la plonge !

« Tenez, dit Léon, c'est ma tournée.

Qu'est-ce que vous prenez ?

– Ah tiens ! Donnez-moi donc aussi un petit coup d'oxygène ! dit Max.

– Vous le prenez pur ?

– Je ne sais pas. Cela se prend avec quoi ?

– Avec de l'hydrogène !

– Ça donne quoi ?

– De l'eau !... Ça ne vaut pas le coup !

– Alors, pur ! »

Le patron lui en servit un ballon. Max le respira d'un trait… et, en reposant son verre :
« Dites donc, Léon, votre oxygène, là…
— Eh bien ?
— Il sent le bouchon ! »
Ça y était ! Max était dans le ton… Il sortit pour prendre l'air. Un bon bol !

CHAPITRE XII

Une nuit à l'hôtel

La nuit tombait. Max regagna son hôtel.

« Bonsoir, monsieur ! lui dit le veilleur de nuit. Vous êtes le nouvel arrivant ?

— Je crois. Oui !

— Que pensez-vous de notre île ?

— J'en ai vite fait le tour.

— Avez-vous fait la connaissance de nos fous… ?

— Oui ! À commencer par celui qui prétend être un thon !

— Oh, il y a plus fou que lui !

— Est-ce possible ?

— Tenez ! Nous avons ici, comme client, un violoniste, un fou hors du commun. Un super doué, un virtuose de la folie !

Le matin, dès potron-minet, il se place devant sa glace et, au lieu d'emboucher un clairon ou un cor de chasse, comme le ferait un fou normal (qui se respecte), pour se faire les lèvres, il joue du violon en frottant sa brosse à dents sur ses cordes vocales...

Évidemment, au lieu de mettre du dentifrice (sur sa brosse), il l'enduit de colophane.

Ça évite de grincer des dents. Mais, me direz-vous, avec quoi se brosse-t-il les dents ?

— J'allais vous le demander.

— Avec son archet ! Évidemment, au lieu de mettre sur son archet de la colophane, il l'enduit de dentifrice...

— Il n'est pas si fou que ça ! Et le son est meilleur ?

— Non ! Mais cela donne à son jeu plus de mordant. Vous me direz : comment accorde-t-il ses cordes vocales ?

— J'allais vous le demander.

— Comme celles de son violon, avec ses chevilles ! »

Ils éclatèrent de rire.

« Et avec son pied, il ne fait rien ?

— Si, il bat la mesure !

— HA ! HA ! Donnez-moi ma clef ! »

Le veilleur la lui tendit.

Tandis que Max s'engageait dans l'escalier...

« Avez-vous vu notre mirage ?

— Oui ! dit Max. On y mange de très bonnes moules-frites ! »

« ! ! Il est aussi fou que les autres, ce type ! » se dit le veilleur.

Max redescendit quelques marches :

« Ah, réveillez-moi demain à 10 heures !

— Bien, monsieur ! 10 heures, chambre 8, c'est noté ! »

La porte de sa chambre refermée, Max se jeta sur le lit, tout habillé. Les mains derrière la tête, il se mit à songer au chapiteau des Invalides.

C'était à peu près l'heure à laquelle il entrait en piste. Il se revit, jouant une de ses petites pantomimes, un mimodrame intitulé « les dents de la mer », une histoire de requin mangeur d'hommes. Il se le jouait intérieurement, allant presque jusqu'à se soulever pour saluer... Rideau !

Il ferma les yeux et s'endormit.

Il fit un affreux cauchemar.

CHAPITRE XIII

Le cauchemar

Il était allongé sur la plage, les deux mains derrière la tête.

« Un requin ! Un requin ! »

Max se redressa brusquement et vit… devant lui, à une centaine de brasses environ, une tête de requin qui tenait, serré entre ses deux énormes mâchoires, un bras humain.

Le bras emprisonné, tendu vers lui, semblait implorer son aide.

C'est alors qu'il remarqua, à ses côtés, qu'un homme, qui serrait sous son bras une demi-planche, n'avait plus qu'un bras, l'autre étant sectionné au niveau de l'épaule.

Il fit aussitôt le rapprochement.

Le bras, entre les mâchoires du requin, devait être celui que le planchiste n'avait plus !

En souffrait il ? Apparemment non !

Il avait gardé toute sa tête…

Il posa sa demi-planche sur le sable… et s'y assit…

«Ne restez pas là, lui dit Max, les bras croisés… (il rectifia aussitôt) je veux dire… le bras ballant ! Il faut faire quelque chose…

Ce bras est encore vivant. Je l'ai vu bouger… Il faut essayer de le retirer de la gueule de ce monstre !

— Vous n'y pensez pas !

J'y ai déjà laissé la moitié de ma planche. Je ne voudrais pas qu'il me bouffe l'autre.

— Bon ! Détendez-vous ! Reposez-vous ! Je vais essayer de vous le récupérer, votre bras ! »

Comme Max s'apprêtait à se jeter à l'eau.
«Tenez ! »

Le planchiste lui tendit une dent de requin.
«C'est vous qui l'avez arrachée ?

— Oui !

— Par défi ?

— Non, par réflexe ! Je suis dentiste.

— ! […!] Cela peut toujours servir de monnaie d'échange. »

Max se jeta à l'eau, la dent du requin entre ses dents. Très vite, il rebroussa chemin.

De retour sur la plage, Max dit au planchiste :

« Il y a erreur sur le requin. Ce n'est pas le vôtre !

Ce n'est pas un bras qu'il a entre ses dents, mais une jambe !

– Vous êtes sûr ?

– Certain !... Tenez ! »

Il lui rendit la dent du requin.

Le planchiste reprit sa demi-planche, la glissa sous son bras.

« Salut !

– Où allez-vous ?

– Je vais surfer un peu plus loin, là où il n'y a pas de requin ! »

Max pensa : « Ce type est un mordu de la planche ! » Il s'allongea à nouveau sur la plage.

À peine retombé dans sa somnolence...

« Un requin ! Un requin ! »

Il rouvrit les yeux et il vit venir vers lui un type qui tenait d'une main une bouée de sauvetage et de l'autre, brandissait à bout de bras un bout de bras...

Max fit tout de suite le rapprochement.

« Mais c'est le bras du planchiste ! Où l'avez-vous trouvé ?

– Dans la gueule du requin ! »

!! Là, il ne comprenait plus !

Max lui dit :

« Mais ce n'est pas un bras que le requin serrait entre ses mâchoires, mais une jambe !

– Je sais. C'est la mienne ! » et il désigna la jambe qu'il n'avait plus.

« ! ! Comment pouvez-vous marcher avec une jambe en moins ?

– En m'appuyant sur ce bras en plus… Regardez ! »

Il s'en servait comme d'une béquille !

« Que s'est-il passé ?

– Voilà ! Je suis maître nageur-sauveteur…

Lorsque j'ai vu ce bras entre les mâchoires du requin, j'ai cru que le reste était déjà à l'intérieur. J'ai voulu sauver le bras. Un bras, cela peut toujours servir !

On en manque tellement, de bras, chez les maîtres nageurs-sauveteurs ! De jambes aussi, d'ailleurs ! Pour attirer son attention, j'ai usé d'un stratagème.

J'ai passé mon bras dans la bouée de sauvetage…

J'ai rabattu les bords…

J'en ai fait une tête de requin…

J'ai agité mon bras comme une marionnette, et j'ai crié :

"Un requin ! Un requin !"

Le requin, voyant dans la gueule d'un autre requin un bras plus gros que le sien, a lâché celui qu'il tenait pour s'emparer du mien ! J'en ai profité pour saisir le sien et retirer le mien !

Le requin, se sentant floué, a ouvert ses mâchoires et saisi une de mes jambes… Moi, de l'autre, je lui ai donné un coup de pied dans sa gueule…

– Et alors ?

– Il a fermé sa gueule ! Horrible détail : dans la lutte, je lui ai fourré le doigt dans l'œil.

– Par défi ?

– Non, par réflexe ! Je suis oculiste. »

....

TOC ! TOC ! TOC ! Quelqu'un frappait à la porte de la chambre… Max ouvrit péniblement un œil.

« Qu'est-ce que c'est ?

– Service du réveil ! Il est 8 heures, monsieur ! »

Max mit un temps à réaliser…

« 8 heures ? Je vous avais dit de me réveiller à 10 heures ! » Il y eut un silence.

« Ça ne fait rien, monsieur, je reviendrai ! »

Max l'aurait presque remercié de son intervention (intempestive) qui lui permettait de sortir de son cauchemar…

En se retournant dans son lit, il vit que l'on avait glissé un mot sous la porte. Il se leva péniblement. Il alla ramasser le petit mot, le déplia.

Il était signé de Christophe, l'amiral de la flotte.

« Cher Max, bonjour !
Balthazar souhaiterait vous rencontrer.
Il a une proposition à vous faire.
Quant à moi, je serai au bar de l'hôtel vers midi.

Salut ! »

Max glissa le mot dans sa poche et, puisqu'il était debout, il se rendit dans la salle de bains pour s'y rafraîchir... tout en se posant des questions :

Pourquoi Balthazar voulait-il le voir ?

À quel propos ?

En tout cas, lui, Max, en profiterait pour dire un petit bonjour à sa tête embouteillée.

Le reconnaîtrait-elle ?

Il se regarda dans la glace du lavabo et ne s'y vit pas ! Le miroir était recouvert d'une épaisse buée. Machinalement, par jeu, il traça avec son doigt, dans la buée, le contour d'une bouteille puis il retira la buée de l'intérieur du contour et stupeur ! Ce n'était pas sa tête !

C'était celle d'un type, avec des dents de requin, en train de se les brosser avec un archet de violon ! C'était si surprenant et inattendu que Max s'excusa :

« Oh, pardon ! »

Il voulut « reboucher » la buée en soufflant son haleine chaude sur la glace... Haa... ! Haaa... ! etc.

Il l'embua à nouveau, comme on embue les verres d'une paire de lunettes pour les nettoyer.

Il essuya le miroir à l'aide d'un kleenex...

La buée disparue, sa tête apparut. Cette fois, c'était bien la sienne... mais à un détail près... il avait sur le nez une paire de lunettes, un pince-nez plus précisément, lui qui n'en portait jamais !

Il voulut le retirer.

Il ne réussit qu'à se pincer le nez...

Quant aux verres... ? Il n'en restait que deux cernes sous les yeux...

Dormait-il encore ?

Était-il sorti d'un cauchemar pour tomber dans un autre ?

Que lui arrivait-il ?

À force de fréquenter les fous, était-il en train de le devenir ?

Il avait besoin d'air.

Après avoir tiré les rideaux, il ouvrit la fenêtre qui donnait sur la mer.

Il respira profondément l'air... marin !

Il recouvra peu à peu ses esprits.

Pour un peu, il se serait cru en vacances.

Les sensations visuelles et auditives étaient les mêmes.

Max était émerveillé par le « tableau » qu'il avait devant les yeux, sachant pertinemment que c'était un faux ! Une copie du réel ! Ah, c'était bien imité ! Le clapotis des vagues…

Le murmure du vent…

Les cris des mouettes…

Du haut de son balcon, en se penchant légèrement, il vit sortir de l'hôtel la petite Marie.

Elle se dirigea vers la mer, comme pour s'y baigner… Elle y pénétra jusqu'à la hauteur des genoux, jeta un regard autour d'elle, sans doute pour être sûre que personne ne l'observait…

C'est alors que Max vit qu'elle tenait dans ses bras la bouteille contenant le petit voilier miniature que Balthazar avait conçue et que sa maman lui avait offerte.

Après avoir regardé une dernière fois la bouteille et son précieux contenu, elle la jeta à la mer… D'abord, la bouteille disparut, s'enfonça… Inquiétude de l'enfant.

Soulagement ! La bouteille avait refait surface… Donc, elle tenait la mer et par contrecoup, le bateau aussi !

102

Ce n'était pas, pour ce petit voilier enfermé dans sa coque de verre, le baptême de l'eau… ni de l'air… loin s'en fallait ! S'il naviguait, ce n'était encore qu'en vase clos, toutes voiles dedans…

Le petit voilier devait avoir du moins la sensation de voguer… L'enfant regarda la bouteille s'éloigner…

Le soleil était déjà haut dans le ciel lorsque la petite Marie quitta la grève, visiblement désemparée.

Elle regagna l'hôtel. Sur cette plage déserte, on n'entendit plus que le clapotis des vagues… le murmure du vent… et, rayant le ciel bleu, le vol des mouettes qui semblaient crier :

« Une enfant à la dérive ! »

Ah, ce terrible silence de la mer !

....

TOC ! TOC ! TOC !

Quelqu'un frappait à la porte.

« Qu'est-ce que c'est ?

– Il est 10 heures ! »

C'était à nouveau le veilleur de nuit.

« Merci ! »

Max referma la fenêtre.

10 heures. Il avait le temps de faire un petit tour sur la plage avant de se rendre chez Balthazar. Il prit sa clef et sortit.

CHAPITRE XIV

Le cantonnier

Pour accéder à la plage, il fallait contourner quelques rochers.

Au détour de l'un d'eux, Max découvrit, à quelques mètres de lui, une valise à moitié enfouie dans le sable. Son cœur se mit à battre… Et si c'était ?… Après avoir tourné autour…

« C'est sûrement la valise de Duke ! se dit-il. Elle se sera matérialisée ainsi que ma bouteille. »

Comme il s'apprêtait à la soulever, « Ne touchez pas à cette valise ! » cria quelqu'un. Le ton était péremptoire.

Max lâcha la poignée.

« Cette valise n'est pas à vous !

— Non ! répondit Max. Mais elle doit appartenir à quelqu'un qui m'accompagnait et que j'ai perdu de vue…

– Certainement pas ! Savez-vous ce que contient cette valise ?

– ! ! Du sable, je pense !

– Non, monsieur, des pierres !

– ! ! Quelles pierres ?

– Celles que je ramasse quotidiennement sur les plages.

– ! ! Peut-on savoir qui vous êtes ?

– Je suis le cantonnier de l'île… Mais je ne l'ai pas toujours été… Savez-vous ce que j'étais avant ? »

Max l'interrompit :

« Attendez ! Attendez ! Laissez-moi deviner… Je parie que vous avez été, dans une vie précédente, une pierre !

– Exact ! Comment le savez-vous ?

– Je présume… !

– Eh bien, oui ! J'ai été une pierre ! Oui, monsieur, j'ai eu ce privilège. J'ai vécu la vie d'une pierre.

– Est-ce que vous vous posiez déjà des questions existentielles, comme "Qui suis-je ?".

– Non ! Je me contentais d'être et de rêver… Parce que je rêvais déjà, monsieur !

– Quel genre de rêves ?

– Que des rêves de chutes ! Je rêvais de dévaler les pentes de la montagne !

Je rêvais de tomber sur quelqu'un qui me ramasserait, me taillerait, m'affinerait, qu'il

106

m'attacherait à l'extrémité d'une hampe et que je serais le fer de lance de toute une évolution !

Hélas, monsieur ! Je suis tombé sur un cantonnier qui, lui, n'aimait pas les pierres et qui a fait de moi un tas de poussière !…

– Et c'est à partir de cette poussière que vous êtes devenu un homme ?

– Oui, monsieur ! Le seul espoir que j'aie, c'est la certitude qu'un jour, je retournerai en poussière !

– Et quand vous serez retourné en poussière ?

– Je demanderai à redevenir pierre !

– Et, présentement, qu'allez-vous faire de toutes celles que vous avez entassées dans cette valise ?

– Je compte les ramener avec moi dans le réel !

– Parce que vous espérez y retourner ?

– Ah oui !

– Comment ?

– Par la mer ! Il n'y a que par la mer !

– Admettons ! Croyez-vous que ces pierres intéresseront les gens du réel ?

– Ah oui, monsieur ! Des pierres qui viennent directement de l'au-delà de l'imaginaire, c'est rarissime ! On va se les arracher comme on s'est précipité sur les pierres que les astronautes ont rapportées de la lune !

– Oui ! Mais les astronautes pouvaient regagner la terre grâce à leur vaisseau spatial !

– Eh bien, nous aussi, grâce au vaisseau de l'amiral !

– Quel vaisseau ?

– Le boat people !

– Le boat people ?

– Vous n'avez pas l'air au courant ?

– Non !

– Toute la population s'apprête à émigrer sous la conduite de l'amiral.

– Que me dites-vous là ? Pour où ?

– Pour l'autre monde ! Celui d'où nous venons tous, le réel ! »

Subitement, Max réalisa que les propos qu'il entendait étaient insensés. Cet homme affabulait et son histoire de boat people ne tenait pas la route, ni la mer !

C'était comme cette histoire de pierre qui rêve de dévaler la pente et de tomber sur quelqu'un… etc. Et lui, Max, il avait failli marcher !

Il était temps de mettre fin à ce délire.

« Excusez-moi, mon brave !

Il faut que je vous quitte. Je suis attendu… Je me suis déjà mis en retard… !

– Au revoir ! dit le cantonnier. Je vous retrouverai à l'embarcadère, le jour J !

– C'est ça ! »

CHAPITRE XV

Le portrait-robot

Parvenu au centre ville, Max se dirigea vers le pavillon de Balthazar.

« Vous désiriez me voir ? lui dit Max.

— Oui, merci d'être venu ! J'ai beaucoup pensé à vous. Avez-vous des nouvelles de votre compagnon de voyage ?

— Le spectateur ?

— Oui !

— Je m'emploie désespérément à le retrouver.

— Où en êtes-vous ?

— Au point mort !

— Eh bien, je pense que je peux vous aider.

— ! ! En quoi ?

— Si vous me le décriviez, je pourrais en faire le portrait-robot, portrait que l'on pourrait divulguer.

— Vous feriez cela pour moi ?

– Si cela peut vous aider à le localiser… »

Tandis que Balthazar préparait son matériel : « Vous permettez, dit Max, que j'en profite pour dire un petit bonjour à ma tête embouteillée ?

– Allez ! Ça lui fera plaisir ! »

Max passa dans la pièce à côté.

Le tête-à-tête fut décevant.

Elles étaient là, à se regarder comme deux étrangers. Elles n'avaient plus rien à se dire, comme deux êtres séparés de corps ! Pénible.

« Max, cria Balthazar, je suis prêt ! »

Max revint…

Balthazar emboucha son chalumeau, en trempa l'extrémité dans une « solution » en ébullition…

« Pensez fortement à votre spectateur, dit-il à Max, pendant que je souffle dans cette bulle de cristal ! Visualisez-le ! »

Chose étrange, plus Max se concentrait… plus il essayait de se le représenter, plus l'image de son client se dérobait, devenait floue… imprécise…

Incapable de fixer ses traits !

« À qui ressemblait-il ? s'impatienta Balthazar.

– Il ressemblait à… un spectateur comme tous ceux qui occupaient le premier rang des fauteuils…

– !! Alors, dites-moi à quoi ressemblait le premier rang des fauteuils ?

– Il ressemblait… comme un fauteuil ressemble à un autre fauteuil… et non numéroté encore ! »

De temps en temps apparaissait dans la bulle la forme ovale d'un visage sans traits fixes…

« Alors ? questionnait Balthazar.

– Ce n'est pas lui !

– Et là ? »

Le même ovale gris, mais à la place des oreilles, il y avait deux bras de fauteuil…

« Ce n'est pas lui ! » répondait Max à chaque cas de figure.

Soudain apparurent dans la bulle trois femmes voilées…

« Ça y est, s'écria Max, c'est lui ! Où est-il ?

– À en juger par les grains de sable qui s'élèvent et retombent autour d'elles comme des flocons de neige, dit Balthazar, il est toujours dans votre désert imaginaire, en train de s'acharner sexuellement sur ces trois innocentes créatures ! »

Il ne badinait pas avec les termes, le Baltha !

« Merci, cher Balthazar ! »

Au moins, Max savait à quoi s'en tenir.

Il était fixé.

Il sortit, rassuré et heureux de savoir que son client Duke était resté à l'abri dans son imaginaire et, en même temps, fort triste de l'échec de leur traversée du désert.

Il était fixé.

Il sortit, rassuré et heureux de savoir une son client Duke était resté à l'abri dans son imaginaire et, en même temps, fort triste de l'échec de leur traversée du désert.

CHAPITRE XVI

Le bateau-cadeau à vau-l'eau

En longeant le quai du vieux port, Max put constater que le gardien n'avait pas menti en parlant de pollution. Il vit, entre deux carcasses de bateaux, dans l'eau croupissante, polluée, infestée de poissons crevés la bouche ouverte, parmi des immondices de toutes sortes qui empestaient, il vit une bouteille… qui surnageait… à l'intérieur de laquelle on pouvait distinguer un bateau. Max reconnut le voilier miniature, le bateau-cadeau que la petite Marie avait mis à l'eau et qui était venu s'échouer là, croupir dans cette lie de l'eau !

Il lui sembla qu'à l'intérieur de la bouteille naufragée, sur le pont du bateau-cadeau, les pompons rouges et les « cols bleus », par leur agitation, lui faisaient signe de les sortir de là. Ce qu'il s'empressa de faire !

Il se pencha, plongea la main dans l'eau

fangeuse, sortit la bouteille… l'emporta en prenant soin de ne pas trop la remuer…

Arrivé sur la plage où l'eau était claire, là où l'enfant avait mis son bateau d'anniversaire à la mer, Max brisa la bouteille sur l'arête d'un rocher puis, après avoir retiré ses chaussures et retroussé le bas de son pantalon, il s'avança dans la mer…

Clapotis des vagues…

Murmure du vent…

Cris des mouettes…

Max posa le petit voilier sur l'eau…

Le petit bateau sembla tressaillir, frissonner… hésiter…

Une légère brise gonfla les voiles du modèle réduit qui, emporté par la marée descendante, gagna rapidement le large…

De retour à l'hôtel, Max y retrouva l'amiral.

« Salut, Max !

— Bonjour !

— Qu'est-ce que vous prenez ?

— La même chose que vous !

— Patronne ? Deux "Crusoé" !

Alors, Max, vous avez vu Balthazar ?

— Oui ! Il m'a apporté la preuve que Duke, le compagnon dont j'étais le guide, est resté dans mon désert imaginaire…

— Il n'est donc pas dans notre île ?

— Non !

114

— Ah, tant mieux ! Je suis plus à l'aise pour vous parler de mon projet.

— Lequel ? Celui de "Par la mer, il n'y a que par la mer" ?

— On pourrait l'appeler comme ça...

— Justement, en me rendant chez Balthazar, j'ai rencontré le cantonnier de l'île.

Il m'a tenu des propos incohérents. Il m'a parlé de boat people dont vous seriez soi-disant l'instigateur...

— C'est exact !

— !! Quoi ? Toute la population de l'île s'apprêterait à émigrer sous votre commandement ?

— Oui ! Et le départ est imminent...

— !! Pourquoi ne m'en avez-vous jamais parlé... ?

Ni vous, ni personne d'ailleurs... ce qui n'est pas le moins étrange... Un tel événement aurait dû être le sujet de toutes les conversations !

Même Balthazar n'en a soufflé mot !

— C'était la consigne.

— Mais pourquoi ?

— On ne savait pas si votre compagnon de route était toujours dans votre imaginaire, ou s'il était passé avec vous dans notre au-delà.

Nous étions dans l'expectative. Mais, aujourd'hui qu'il est prouvé qu'il n'est pas dans l'île, rien ne vous empêche de venir avec nous !

— Tout de même, sur un boat people !

— Attention, dit l'amiral, ce voyage n'est pas triste. Il y a boat people et boat people !

Il ne faut pas confondre. Ce n'est pas un abandon, ni une désertion, encore moins une fuite ! C'est le retour à la réalité.

— ... S'il n'y a pas d'autre moyen ?

— Il n'y en a pas ! Asseyez-vous !

Il faut que vous sachiez, Max, que ce n'est pas d'aujourd'hui que nous cherchons à regagner le réel. Alors que nombre d'aventuriers cherchent à découvrir de nouveaux mondes, nous, nous voudrions regagner plus modestement l'ancien...

— Comment ?

— Par la mer !... Il n'y a que par la mer !

— On peut ?

— On doit pouvoir, d'après mes estimations.

Autant, dans l'imaginaire, il y a une limite qu'il ne faut pas dépasser...

Et vous l'avez appris à vos dépens... autant, au-delà de l'imaginaire, il y a un obstacle que je n'ai jamais pu franchir...

— Pourquoi ?

— Parce que, parallèlement aux Quarantièmes Rugissants, il y a les Quarantièmes Délirants !

Entre les deux parallèles, il y a un couloir, une voie d'eau, étroite certes, mais praticable… Or, cette voie d'eau est à géométrie variable. Selon que le vent souffle, la mer grossit…

Que le vent tombe, elle s'amenuise… Pour des raisons que seul, peut-être, Balthazar pourrait expliquer.

Moi, je m'y suis plusieurs fois cassé le nez !

– Vous êtes allé jusqu'à ces Quarantièmes Délirants ?

– Oui ! Mais jamais au-delà ! Il a fallu, à chaque fois, rebrousser chemin, dans des conditions désastreuses, avec une coque défoncée et les voiles déchirées qui laissaient passer le vent !

Toutes mes tentatives ont échoué, mais je ne désespère pas. Je trouverai bien quelque jour un passage. Il me fallait un bateau à géométrie variable, capable de se faufiler entre ces deux parallèles capricieux, les Quarantièmes Rugissants et les Quarantièmes Délirants. Seul, Balthazar a pu le réaliser.

– Où est-il, ce bateau ? demanda Max.

– Il mouille dans le petit port, à côté.

Il attend le grand jour qui ne saurait tarder. Venez, je vais vous le montrer ! »

Ils contournèrent le hangar et, tout à coup, apparut le boat people. Il était à quai. Max faillit tomber à la renverse, pour plusieurs raisons...

D'abord, parce que ce voilier était la réplique exacte (à l'identique) de la *Santa María* de Christophe Colomb.

Ensuite, sur le quai, il y avait des marchandises que l'on hissait sur le pont, sous la surveillance du maître queux.

Et, parmi elles, il y avait, au premier plan, un panier d'œufs à côté d'un autre panier de homards...

Max resta pétrifié.

« Cette scène... je l'ai déjà vécue... Oh, il y a bien longtemps... C'était en 1492. À l'époque, j'étais un œuf.

– Vous avez été un œuf ? dit l'amiral.

– Oui !

– Vous plaisantez, là ?

– Pas du tout ! J'ai été un œuf. Avant d'être ce que je suis, j'ai été un œuf.

Attention, pas n'importe quel œuf !

Celui de Christophe Colomb !

– Tiens, tiens ? fit l'amiral.

– Comme vous le savez peut-être, Christophe Colomb, poursuivit Max, a non seulement découvert l'Amérique, mais…

— Mais il a aussi réussi à faire tenir debout un œuf, sans en briser la coquille, à la suite d'un pari ! ajouta l'amiral.

— Eh bien, cet œuf, c'était moi ! »

L'œuf de Christophe Colomb

« Je m'en souviens comme si c'était hier. On m'avait embarqué sur la *Santa María*, une des trois caravelles, avec une douzaine d'œufs tous plus ou moins fêlés… et aussi une vingtaine de homards, pour améliorer l'ordinaire…

Aussitôt à bord, le cuisinier, le maître queux avait mis tous les œufs dans le même panier. De plus, c'était le panier à homards.

Il s'était trompé dans la répartition des paniers. Il les avait intervertis.

Il avait mis tous les homards dans le panier à œufs et tous les œufs dans le panier à homards.

Alors, les œufs et les homards pestaient ferme. Ils voulaient leur panier à eux !

Chez les œufs, la révolte couvait, étouffée aussitôt dans l'œuf par le maître queux… qui a retiré tous les œufs du panier à homards puis tous les homards du panier à œufs qu'il a mis dans leur panier à eux, c'est-à-dire le panier à homards.

Puis, il a mis les œufs dans le panier où étaient les homards, c'est-à-dire le panier à œufs.

L'incident était clos.

Et c'est alors que Christophe Colomb est entré. Il a pris un œuf dans le panier à œufs, le plus gros, le mien. Il a dit au maître queux : "Je vous parie que je fais tenir debout cet œuf sans en briser la coquille !

– Chiche !" a dit le maître queux.

Christophe Colomb a pris mon œuf entre le pouce et l'index et il a tapé doucement le gros bout de mon œuf sur quelque chose de dur…

Sur le moment, je n'ai rien senti, mais j'en ai souffert postérieurement…

Puis il a déposé délicatement mon œuf sur le bord du comptoir et je suis resté debout !

Bravo ! Pari gagné !

Christophe Colomb sorti, le maître queux a voulu remettre mon œuf avec les autres œufs, mais il s'est encore trompé.

Il m'a déposé dans le panier à homards. Et c'est ce qui m'a sauvé !

Un des homards, découvrant sous lui un œuf, a cru que c'était lui qui l'avait pondu !

Aussitôt, il m'a pris sous son aile, couvé pour ainsi dire… Et c'est grâce à "Omar"… (C'est ainsi que j'avais surnommé mon homard afin de le distinguer des autres homards mais j'aurais pu l'appeler Homère…) c'est grâce à "Omar", à sa douce chaleur que l'embryon que j'étais au départ a pu se développer et devenir rapidement un robuste poussin.

Et un jour, ma coquille a volé en éclats. (Tête du vieux homard qui n'arrêtait pas de se pincer pour voir s'il ne rêvait pas !) Et qui je vois devant moi ?

Le maître queux, plein comme un œuf, tenant à peine debout.

Il était en train de rédiger le menu du jour : "Omelette du chef".

Tête des œufs qui savaient fort bien que l'on ne fait pas d'omelette sans casser des œufs… et qu'ils ne feraient pas de vieux œufs…

C'est alors qu'il m'a vu, dressé sur mes ergots. Il s'est écrié :

"C'est un coq ! C'est un coq !"

Aussitôt, il a rayé de la carte "Omelette du chef" et il a écrit "Coq au vin".

À ce moment-là, on a entendu la voix de Christophe Colomb crier :

"Terre ! Terre !"

L'Amérique était en vue.

Aussitôt, le maître queux a rayé sur le menu "Coq au vin" et il a écrit…

– Homard à l'américaine ! » poursuivit l'amiral.

Max en resta sans voix.

« Comment connaissez-vous ce détail ? Comment le savez-vous ?

– J'étais là !

– Qu'est-ce que vous dites ?

– Christophe Colomb, c'était moi !

– Vous plaisantez ? Pourriez-vous m'en apporter la preuve ?

– Facile ! » dit l'amiral.

Il prit un œuf dans un panier, le plus gros… Max s'écria :

« Je vous crois ! Je vous crois !

Alors, c'était vous ?

– C'était nous ! »

Ils se tombèrent dans les bras.

Aussitôt, le maître queux arriva sur le
l'amiral.

CHAPITRE XVIII

La bouteille de sauvetage

« Venez, Max ! dit l'amiral.

— Où allons-nous ?

— Chez Balthazar ! Je vais vous montrer
ce qu'il a inventé en cas d'échec. Nous avons
maintenant, grâce à son génie, le moyen de
rapatrier le voilier et sa précieuse cargaison
sans dommages ni pour l'un ni pour les
autres ! C'est une bouteille géante volante !

Cette bouteille est destinée à repêcher les
bateaux en difficulté. Avec cette bouteille,
les naufrages du *Titanic*, les radeaux de la
Méduse, c'est fini ! »

Balthazar les attendait.

« Suivez-moi ! »

Il les fit pénétrer dans un immense hangar
au milieu duquel se dressait une gigantesque
bouteille de la grosseur d'une montgolfière.

« Mon chef-d'œuvre ! Voici comment se

déroulera l'opération-sauvetage. Suivez bien le processus… Le gardien de phare reçoit des signaux lumineux…

"S.O.S… Nous coulons…"

Aussitôt, il m'envoie un appel de phare ! Dès qu'on connaît la longitude et la latitude du bateau, on met la bouteille sous pression… et elle s'élève comme une fusée…

— Et ça marche ? demanda Max.

— Je l'ai même expérimentée. Ma bouteille, baptisée "Moët", a pris l'air, mais comme les gens de "mer" ne regardent jamais en l'air… – ils se contentent de regarder devant eux – personne n'a remarqué cette immense bouteille sillonner le ciel. La surprise fut l'absence d'effet.

La bouteille, pourtant visible à l'œil nu, survola l'île, sans que personne n'y prête attention !

Cependant, il y eut un témoin. La petite Marie qui se promenait avec sa maman, s'écria en regardant le ciel :

"Maman ! Maman ! Regarde un objet non identifié !

— Allons ! Allons ! Marie, ne dis pas de bêtises !

Il y a belle lurette que les objets non identifiés le sont !

— Alors, dit Marie, c'est une apparition !

– Allons ! Marie, il y a belle lurette que les petites filles de ton âge n'ont plus d'apparitions !

– Alors ça, qu'est-ce que c'est ?" dit la petite fille en montrant du doigt l'objet litigieux.

La patronne de l'hôtel leva les yeux au ciel :

"Ça ? C'est une bouteille ! Une simple bouteille de champagne !

– Ah ! Excuse-moi, M'man !" dit Marie.

"Tout le monde peut se tromper", dit la mère.

Elles reprirent leur promenade.

"Marie, dit la mère, combien de fois faudra-t-il te répéter que, lorsque tu marches, au lieu de regarder en l'air, tu dois regarder où tu mets les pieds !"

Il était temps. La petite fille allait mettre le pied sur un coquillage qui sert de bénitier dans les églises...

Pour en revenir à ma bouteille, reprit Balthazar, dès que l'on a fait le plein, le pilote monte dans la capsule...

– L'habitacle ?

– Non, non ! La capsule... que vous voyez là...

C'est une capsule courante... agrandie évidemment. On secoue la bouteille...

— Ah, il faut la secouer ?

— Ah oui, violemment ! Comme toute bouteille, avant de s'en servir… Cela fait monter la pression… Puis la bouteille s'élève comme une fusée… et vous ne vous occupez plus de rien !

Elle est programmée. Elle connaît sa destination. Arrivée sur les lieux du drame, la "Moët" se place à la verticale du bâtiment à sauver… Elle amerrira devant la proue.

Le fondement de la bouteille s'ouvrira alors comme un couvercle de boîte de conserve… On fera pénétrer le bâtiment à l'intérieur de la "Moët". On refermera le cul de la bouteille. Et la bouteille salvatrice ramènera à bon port sa précieuse cargaison…

— Bravo ! s'écrièrent Max et Christophe. Espérons, toutefois, que vous n'aurez pas l'occasion de vous en servir ! »

Sur ces bonnes paroles, ils se séparèrent…

CHAPITRE XIX

La surfeuse

Max se retrouva, sans même s'en rendre compte, sur la plage, face à la mer.

Il vit, non loin de lui, des vêtements de femme…

À qui appartenaient-ils ?

Il chercha du regard quelque éventuelle petite femme voilée qui danserait la danse du ventre, rien que pour lui !

Pas une baigneuse en vue !

L'abstinence visuelle !

Là-bas, à quelques encablures, il y avait les Quarantièmes qui rugissaient et les Quarantièmes qui déliraient…

Il se surprit à penser que, dans ce monde imaginaire et au-delà de ce monde, il était un immigré.

Pourquoi s'entêtait-il à toujours fuir le réel ?

S'y sentait-il indésirable ?

Le monde imaginaire n'était-il qu'un asile ?

Il pensait à ceux-là qui, toujours, gardaient les pieds sur terre, contre vents et marées !

Il s'allongea sur le sable et se mit à rêver des jours heureux…

Des souvenirs de vacances abondaient, l'assaillaient, se bousculaient pêle-mêle…

Soudain, devant lui, il vit déferler une vague plus haute que les autres qui s'enroulait sur elle-même et, dessous, comme s'y abritant, une créature de toute beauté, dans toute sa nudité, qui slalomait sur sa planche et que la vague, après s'être déroulée comme un tapis, vint déposer presque aux pieds de Max. Quelle offrande !

Il se dressa aussitôt et ne sut que balbutier :

« Mes hommages, madame ! »

Il savait que c'était ridicule… mais c'était spontané.

Ils se regardèrent.

Et, tout de suite, il se passa une chose inouïe ! Est-ce cela que l'on appelle le coup de foudre ?

« Restez… restez couché ! » lui dit-elle en déposant sa planche sur le sable, ce qu'il s'empressa de faire.

Elle s'allongea près de lui.

« Je ne vous écrase pas ? » lui dit-elle,

anticipant sur ce qui risquait de suivre. D'un commun accord, ils s'étreignirent…

« Il me semble que je vous connais depuis toujours…

– C'est possible. Savez-vous qui j'étais dans une vie antérieure ?

– Non !

– Je vais vous surprendre…

– Allez-y ! J'en ai entendu d'autres…

– Ève !

– ! ! Ève ? d'Adam et Ève ?

– Oui ! Mais vous, qui êtes-vous ? C'est la première fois que je vous vois. Vous n'êtes pas d'ici ?

– Non ! Je viens du réel…

– Qu'y faisiez-vous ? »

Max lui expliqua toute l'histoire.

« Un mime, qu'est-ce que c'est ? » dit-elle.

De ses deux mains, il mima une rose qu'il lui offrit.

Elle fit mine de la prendre et d'en respirer le parfum.

« C'est magique ! » dit-elle.

Elle se mit à mimer un fruit qu'elle lui tendit… C'était une pomme !

Pour bien montrer qu'il en avait saisi le symbole, il se mit à la croquer…

« Bon sang ! dit-elle en se levant soudainement. Il faut que j'aille retenir ma place sur la caravelle. L'embarquement immédiat est pour demain. Où sont mes vêtements ? »

Max courut les chercher.

C'est tout juste s'il ne lui a pas dit, en les lui tendant :

« Vous avez laissé tomber votre mouchoir ! »

« Partez-vous aussi ? » lui lança-t-elle en s'éloignant.

Maintenant qu'il savait Duke toujours dans son désert, en sécurité, plus rien ni personne ne l'en empêchait.

Duke pouvait retourner dans le réel par ses propres moyens...

La seule possibilité qui restait à Max de retourner dans le réel... c'était les moyens du bord...

« Il n'y a que par la mer ! avait dit l'amiral. Par la mer !... »

« Retenez-moi une place », cria-t-il à...

C'est alors qu'il réalisa qu'il ne savait même pas son nom !

CHAPITRE XX

L'apprenti sorcier

On vint prévenir Max que Balthazar le cherchait partout... Max se rendit chez lui. Il lui trouva fort mauvaise mine.

« Que se passe-t-il ? lui dit-il.

— Max, je dois vous faire un aveu... j'ai peur...

— De quoi, grand Dieu ?

— Des fantômes !

— Quoi, vous ?

— Oui, moi ! Ma maison est hantée !

— Par qui ?

— Par ces ectoplasmes de personnages illustres que j'ai créés, accumulés autour de moi et qui se vengent.

Je ne dors plus à la pensée que, lorsque tous les gens d'ici seront partis pour l'autre monde... (« Façon de parler ! » pensa Max.)... je resterai seul, en tête à tête avec toutes

133

ces bouteilles ensorcelées. Si vous saviez ce qui se passe chez moi, dès que la nuit tombe… ?

Tous les bouchons de mes bouteilles sautent les uns après les autres !

Toutes les têtes sortent à la queue leu leu sur un air de Duke Ellington.

Elles me regardent et se mettent à me faire des grimaces. Même la vôtre de tête, Max, se met de la partie ! Jusqu'aux petites femmes voilées du portrait-robot qui se mettent à danser la danse du ventre ! C'est une sarabande, une bacchanale !

Les têtes se déchaînent ! Je n'en peux plus ! Je deviens fou…

– Enfin, Balthazar, dit Max, reprenez-vous !

Ce ne sont que des émanations de votre esprit. C'est vous qui avez introduit ces ectoplasmes dans ces bouteilles !

– Je sais. Max, je me suis pris pour un maître-sorcier, alors que je ne suis qu'un apprenti…

– Alors, empressez-vous de vous débarrasser de ces entités envahissantes…

– De quelle manière ?

– Eh bien… je vous suggère de déposer toutes ces têtes embouteillées chez le gardien

134

de phare ! Là, elles se mélangeront à d'autres bouteilles plus… anonymes !

– Riche idée ! » admit Balthazar.

On en parla au gardien de phare, qui accepta aussitôt.

CHAPITRE XXI

Le cimetière marin (ball-trap)

De son maître, Max, aide du gardien, se chargea de sortir du pavillon de Balthazar toutes les bouteilles ensorcelées, à l'excep- tion de celle renfermant sa propre tête qu'il alla cacher dans un coin de la forge, après l'avoir roulée dans la poussière pour dissi- muler sa tête. Il avait la ferme intention de l'utiliser à l'opportun plus tard.

«Pourquoi le, captonnier, s'était-il ar- rangeait une vaise pleine de prendre de l'au- delà de l'imaginaire, pourquoi lui, le moine, ce'il était, ne rapporciait-il pas sa tête embouteillée, comme preuve de son esca- pade?»

Quelle pub pour le chapeau !

Ils sortent du pavillon de Baltha toutes les bouteilles ensorcelées et les transportèrent à l'intérieur du phare déjà fort encombrée.

CHAPITRE XXI

Le cimetière marin (ball-trap)

Le soir même, Max, aidé du gardien, se chargea de sortir du pavillon de Balthazar toutes les bouteilles ensorcelées, à l'exception de celle renfermant sa propre tête qu'il alla cacher dans un coin de la forge, après l'avoir roulée dans la poussière pour dissimuler sa tête. Il avait la ferme intention de venir la récupérer plus tard.

«Puisque le cantonnier, s'était-il dit, ramenait une valise pleine de pierres de l'au-delà de l'imaginaire, pourquoi lui, le mime qu'il était, ne rapporterait-il pas sa tête embouteillée, comme preuve de son escapade?»

Quelle pub pour le chapiteau!

Ils sortirent du pavillon de Baltha toutes les bouteilles ensorcelées et les transportèrent à l'intérieur du phare déjà fort encombré.

Où les mettre, ces satanées bouteilles supplémentaires ? La cave en était pleine ainsi que les escaliers. Il y en avait partout.

Comme son phare n'était pas à géométrie variable, le gardien eut une idée qualifiée de géniale par lui-même.

« Si on faisait une partie de ball-trap ?

— Le ball-trap ? Qu'est-ce que c'est que ça ?

— C'est ce que l'on appelle le tir au pigeon, mais avec des assiettes.

— Vous avez des assiettes ?

— Non ! Mais nous avons des bouteilles...

Vous allez lancer les bouteilles et moi, je vais les tirer comme des pigeons.

Nous allons en profiter pour faire disparaître à jamais ces bouteilles envoûtées qui font peur à tout le monde.

— Vous allez tirer sur toutes ces célébrités ?

— Non, sur leurs effigies ! Pour montrer que nous respectons leur mémoire, nous allons leur rendre un dernier hommage, comme à des grands marins perdus en mer...

Prêt ? On va commencer par Ramsès II. »

La bouteille, lancée avec force par Max, partit comme une fusée dans le ciel bleu.

Pan !

La bouteille vola en éclats et l'ectoplasme

de Ramsès II s'abîma dans les flots. Plouf !
Ce fut le tour de Samson…

« Prêt ? »

Pan ! Plouf !

« Suivant ! Ulysse… »

Pan ! Plouf ! À la mer !

Ils firent un feu d'artifice de toutes ces
bouteilles du diable…

La nuit tombant, ils marquèrent une pause.
Le temps pour le gardien d'allumer sa lanterne et le jeu reprit.

Chaque fois que le rayon du phare, qui
balayait la mer, passait devant eux, Max lan-
çait une bouteille…

« Cicéron ! »

Pan ! Plouf !

Le gardien faisait mouche à tous les coups.
C'était un tireur d'élite…

Au petit jour, la mer qui s'étendait devant
eux était jonchée de débris de verres luisants,
de feux follets, de lutins, de farfadets… Un
vrai cimetière marin !

C'est alors que la première sirène du boat
people retentit, rappelant aux passagers que
l'embarquement était imminent, avant d'être
immédiat.

Max et le gardien se séparèrent, avec le
sentiment que ce qu'ils venaient de faire, il
ne fallait pas trop s'en vanter.

Aussitôt que Max eut pris congé du gardien, il courut chez Balthazar pour y récupérer sa tête embouteillée…

Elle n'était plus là où il l'avait cachée !

Il la chercha partout, dans le moindre recoin de la forge. Introuvable !

Il fallait se rendre à l'évidence… Quelqu'un s'était emparé de sa bouteille. Max se perdit en conjectures.

Il dut se résoudre à quitter les lieux… sans sa tête !

Il prit directement le chemin du port. Très vite, Max se trouva mêlé aux émigrés qui s'acheminaient silencieusement vers le quai d'embarquement.

Parmi eux, il reconnut le cantonnier qui traînait péniblement sa valise pleine de pierres.

Arrivé à sa hauteur, sans doute pour se faire pardonner de l'avoir mal jugé, Max l'aida à porter sa valise.

L'exode était en marche…

CHAPITRE XXII

Le départ du boat people

Jour J.

Sur le quai, le photographe avait préparé ses appareils. Il avait pris quelques photos de la caravelle sous différents angles. La veille déjà, il avait passé sa journée à photographier des « souvenirs » de l'île dont il pensait plus tard tirer quelques bénéfices. Déjà, les émigrés affluaient de tous côtés en désordre. Des ordres !

« Assemblez vos affaires ! Groupez-vous ! Comptez-vous les uns sur les autres ! »

Rumeur... Voilà Balthazar.

Des questions fusent :

« Que laisse-t-on ? Qu'emporte-t-on ?

– Le strict minimum ! »

Un tzigane sortit son violon de sa boîte et se mit à jouer une espèce de gigue en tapant du pied. Les gens se mirent à danser un *square-*

danse style acadien, avec entrain, à la grande surprise de Max qui se souvint alors des propos de l'amiral : « Attention, ce voyage n'est pas triste… Ce n'est ni un abandon, ni une désertion, encore moins une fuite ! C'est le retour à la réalité ! »

« Dites, Balthazar, en cas de réussite, puisque toute la population aura émigré… cette île de l'au-delà sera virtuellement déserte ?

Que deviendrez-vous ?

– Je serai là pour accueillir ceux, tous les Robinsons qui, comme vous et moi, ont voulu faire un voyage dans l'imaginaire et qui, comme vous et moi, sont allés trop loin et se retrouvent ici, dans l'au-delà… Et puis, je ne serai pas seul.

Figurez-vous que le gardien de phare, qui ne peut se résoudre à abandonner sa lanterne "magique", comme il l'appelle, s'est proposé pour garder la "maison" !

– Grandiose ! »

Dernier coup de sirène.

« Groupez-vous pour la photo-souvenir !… Serrez-vous !… On ne bouge plus ! »

Flash !

« Merci ! »

« Embarquez ! »

Ce fut la ruée vers… l'avenir.

La passerelle fut prise d'assaut.

Max chercha des yeux sa surfeuse. Il ne la vit point. Était-elle déjà montée à bord ?

La population s'entassa sur le pont.

« Tous ces gens-là, ajouta Balthazar, en avaient assez de faire semblant d'exister, de vivre en marge, au-delà de leurs moyens… comme vous, comme lui ! » dit-il en désignant Christophe qui venait d'arriver.

Il était en grande tenue d'amiral. Le silence se fit. Il passa devant eux, déjà distant, les salua et escalada la passerelle.

« Alors, vous venez, Max ? cria l'amiral. On n'attend plus que vous ! »

Max prit congé de Balthazar, non sans une certaine émotion, et rejoignit la foule des passagers.

« Prêt à appareiller ? dit l'amiral à son second.

– Prêt, amiral !

– De la flotte ! rectifia-t-il. De la flotte ! »

« Attendez ! cria quelqu'un. Un retardataire ! »

Arriva en courant un petit bonhomme que tout le monde semblait connaître.

D'une main, il maintenait son chapeau melon sur ses cheveux noirs bouclés et de l'autre, il faisait tournoyer sa badine…

Il grimpa l'escalier de coupée quatre à

quatre. Ses chaussures étant trop grandes pour lui, il rata une marche, ce qui déclencha un énorme éclat de rire, se reprit et s'engouffra dans le boat people.

« Larguez les amarres !

– Larguez les amarres ! »

Balthazar contenait, avec peine, ses larmes.

Il prit un porte-voix et entonna :

« Ce n'est qu'un au revoir, mes frères ! Ce n'est qu'un au revoir ! »

Tous les passagers du boat people reprirent en chœur : « Oui, nous nous reverrons, mes frères… etc. » Moment d'intense émotion.

« En avant toute ! » cria l'amiral.

« En avant toute ! » répéta le second.

« Stop ! Stop ! se mit à crier Balthazar.

– Que se passe-t-il ? demanda l'amiral du haut de son poste de commandement.

– On a oublié de baptiser le bateau ! » dit Balthazar.

« On le baptisera sur les fonds marins ! » cria un plaisantin.

« Ré-amarrez les amarres ! » cria l'amiral.

« Ré-amarrez les amarres ! » cria le second.

On les ré-amarra.

« Il nous faudrait une bouteille de champagne ! dit Baltha. Quelqu'un a-t-il une bouteille de champagne ?

144

– Moi, dit le photographe, j'ai bien une bouteille mais elle n'est pas de champagne !

– Comme c'est pour la briser, une bouteille de vin ordinaire devrait faire l'affaire. »

Le photographe redescendit la passerelle et tendit à Baltha une bouteille toute recouverte de poussière. Max reconnut tout de suite sa bouteille.

Ainsi donc, c'était le photographe qui avait subtilisé sa tête embouteillée !

Il était trop tard pour intervenir. Balthazar s'approcha du bateau. Le silence se fit de lui-même…

Baltha, tenant la bouteille par le goulot, la lança avec force contre la coque. La bouteille éclata.

« Hurrah ! Hurrah ! » crièrent les hommes en lançant en l'air leur chapeau, tandis que les femmes applaudissaient.

Dans l'euphorie générale, personne ne vit que la bouteille, en se brisant, avait libéré une tête d'homme, laquelle fut propulsée à une hauteur vertigineuse ! (À croire que la tête y avait mis du sien !) C'est alors que l'on entendit claquer des coups de feu. C'était le gardien qui, du haut de son phare, saluait à sa manière le départ du boat people, trouant au passage quelques chapeaux !

Le dernier coup de feu visait manifestement la tête de Max, sans toutefois l'atteindre…

« Raté ! » murmura Max.

Ce qui n'empêcha pas sa tête de s'abîmer dans les eaux du port, rejoignant ainsi le peloton… le peloton… de têtes ! Plouf !

Dieu merci, il lui restait l'original bien ancré sur ses épaules.

« Attention au départ ! »

Le photographe regagna la passerelle que l'on retira derrière lui.

« Hissez les voiles ! »

On les hissa.

« En avant toute ! » cria l'amiral.

« En avant toute ! » répéta le second.

Mais, le vent n'étant pas au rendez-vous, le bateau resta à quai.

Un silence s'ensuivit… gênant ! Quelqu'un :

« Qu'est-ce qu'on attend ?

– Le vent ! »

Les passagers du boat people se mirent à scander : « Du vent ! Du vent ! Du vent ! »

Max pensa que, de par son métier d'amuseur et de mime, il pouvait se rendre utile.

« Mes amis ! Mes amis !

Il est dit quelque part : "Aide-toi, le ciel t'aidera." Alors, si vous le permettez, je vais

146

vous mimer "la marche contre un fort vent debout". »

Un plaisantin :

« Facile, puisqu'il n'y a pas de vent !

– Au contraire, répliqua Max, c'est a priori impossible ! S'il n'y a pas de vent, on ne peut pas lutter contre !

– Alors ?

– Alors, vous allez faire le vent ! Vous voulez bien faire le vent, mesdames et messieurs ?

– Oui ! Oui ! crièrent d'une seule voix les boat people.

– À trois, vous allez tous souffler… dans la voilure ! Un, deux, trois…

– Vou… ou… ou ! »

Les voiles se gonflèrent. La caravelle fit un bond en avant.

« Pas si fort ! cria Max. Sur le souffle ! »

La caravelle se détacha doucement du quai. Tous les boat people regardèrent s'éloigner, peut-être à jamais, leur village déserté, figé, immobile, ressemblant à une carte postale qui, au fur et à mesure que la caravelle gagnait le large, prenait à leurs yeux la dimension d'un timbre-poste !

Quant à Max, il ne pouvait détacher son regard de l'endroit où sa tête s'était abîmée.

Espérait-il que, tel un ludion, sa tête

remonterait à la surface ? Pour cela, il aurait fallu qu'elle soit toujours dans sa bouteille !

Se souvint-il qu'en mettant le pied sur l'île des Robinsons, la bouteille dont il mimait la forme s'était cristallisée puis, touchée par le coup de fusil du gardien, avait éclaté en morceaux ?

Fébrilement, Max plongea la main dans sa poche, en retira les morceaux de la bouteille qui s'y trouvaient toujours… et les lança à la mer, comme on disperse les cendres d'un disparu… Geste dérisoire montrant son désarroi.

Puis chacun, à bord, s'organisa comme il put. Les uns campèrent sur le pont, comme des clochards sous un pont. D'autres, plus débrouillards, occupèrent les cabines.

Il y eut quelques incidents.

On signala, entre autres, qu'un couloir était inondé… On s'y précipita. En effet, l'eau coulait à flots sous la porte de l'une des salles de bains. On voulut y pénétrer, craignant le pire ! Elle était fermée de l'intérieur.

On eut beau frapper… Personne ne vint ouvrir. On l'enfonça. Qui trouva-t-on, barbotant dans la baignoire qui débordait ? L'homme-thon qui y avait élu domicile !

CHAPITRE XXIII

En cas d'incendie

À un moment, comme Max était toujours à la recherche de la surfeuse, il vit un des passagers qui allait et venait dans une coursive en marmonnant des phrases qu'il comprenait difficilement.

« Qu'est-ce que vous dites ?

— Gardez votre sang-froid ! dit le passager, en élevant la voix. Quittez votre cabine… Refermez la porte… sans la verrouiller. Gagnez sans affolement le pont supérieur par les escaliers…

Prévenez le service de sécurité…

Veuillez, à l'appel du marin-pompier… »

Max lui dit :

« Pourquoi ? Que se passe-t-il ?

— Rien ! J'essaie d'apprendre par cœur les consignes de sécurité "en cas d'incendie" qui sont affichées sur la cloison, au bout de la coursive. Comme ma cabine est à l'autre extrémité, je n'aurais jamais le temps de courir pour prendre connaissance de ces consignes de sécurité en cas d'incendie !

– Pourquoi ? Il n'y a pas le feu ?

– Non ! Mais il pourrait se déclarer à tout moment, auquel cas… (Il se remit à marcher de long en large.) Quittez votre cabine… Refermez la porte sans… sans quoi ?…

– Sans la verrouiller ! souffla Max, se référant à ce qui était écrit.

– Ah oui !

– Voulez-vous que je vous fasse répéter ?

– Cela ne vous ennuie pas ?

– Du tout ! Cela me permettra de l'apprendre moi-même !

– Gagnez sans affolement le pont supérieur par les escaliers… Prévenez le service de sécurité… »

Et au fur et à mesure qu'ils répétaient, Max voyait les boat people quitter leur cabine, refermer leur porte sans la verrouiller…

« Gagnez sans affolement le pont supérieur… »

Quand tout le monde fut sur le pont, il y eut un grand silence dans la coursive.

C'est alors qu'ils virent arriver le marin-pompier affolé.

« Comment, vous êtes encore là ?

150

Il n'y a plus que vous !

– Que se passe-t-il ? s'enquit Max.

– Comment, ce qui se passe ? Il y a le feu !

– Qui vous a prévenu ?

– Le service de sécurité !

– Alors, leur dit le marin-pompier, gardez votre sang-froid ! Quittez votre cabine sans la verrouiller et puis… »

Max et le passager gagnèrent, sans affolement, le pont supérieur par les escaliers…

Ensuite, inutile de prévenir le service de sécurité, puisque c'était une fausse alerte !

CHAPITRE XXIV

Un bateau à la mer

« Un bateau à la mer ! cria la vigie du haut de son poste d'observation.

– Et alors ? ironisa le second. Qu'y a-t-il d'extraordinaire à cela ?

– C'est que celui-là…

– Qu'a-t-il de particulier ?

– Il ne me semble pas conforme aux normes.

– !! Où est-il ce bateau ?

– Là ! »

L'homme de vigie désignait un point au niveau de la ligne de flottaison.

« À dix pieds sous vous ! »

Le second se pencha par-dessus le bastingage. Il n'en crut pas ses yeux. C'était un petit voilier miniature, un modèle réduit de caravelle…

« Je rêve ou quoi ? » s'exclama-t-il.

Il sortit sa longue-vue télescopique et observa cette « coque de noix » qui, malgré son peu de tonnage, semblait tenir la mer.

« Allez me chercher une épuisette, ordonna le sous-off, et amenez-le dans la cabine de l'amiral ! »

Ce qui fut fait.

« Entrez ! » cria l'amiral.

Le second entra.

Il tenait sur un plateau le petit voilier qui baignait dans son eau.

« J'ai fait les sommations d'usage… mais il n'a pas répondu ! dit-il.

— Imbécile, se contenta de dire l'amiral, posez-le sur la table ! »

Il sortit son couteau et, tenant le petit voilier d'une main, son couteau dans l'autre… il se mit à gratter les multiples coquillages qui s'étaient agglutinés sur la coque.

Il inspecta l'intérieur de fond en comble et découvrit, attachée au tableau de bord, une clef… puis, près du moteur, une serrure…

Il glissa la clef dans la serrure et la tourna…

Le ressort étant remonté, il vit que l'hélice tournait…

« Tenez ! dit-il à son stupide second. Remettez ce modèle réduit dans son élément ! Nous n'allons pas priver la mer de ses jouets ! »

154

Le voilier avait atteint sa vitesse de croisière.

Max était sur le pont, appuyé au bastingage, et pensait à sa surfeuse…

Où était-elle à l'heure présente ?

Avait-elle raté le boat people ?

Était-elle arrivée sur le quai pour voir le bateau s'éloigner ou était-elle à bord, noyée dans la foule des réfugiés ? C'est alors que Max entendit une voix de femme prononcer son nom.

Il crut reconnaître la voix de la surfeuse. Il la chercha parmi la foule.

« Vous n'auriez pas vu… une surfeuse ?

– ! ! Comment est-elle ?

– Elle est… »

Impossible de la décrire !

Chose étrange, plus Max essayait de se la représenter, plus l'image de la belle surfeuse se dérobait, devenait floue, imprécise… comme pour Duke !

Que n'avait-il demandé à Balthazar de faire son portrait-robot ?

Bah ! Qu'aurait pu faire celui-ci devant l'incapacité de Max à fixer les traits de la surfeuse ?

Faire apparaître dans la bulle de cristal une vague femme sur une vague planche… ?

Comme il avait fait le tour de l'île à la

recherche de Duke, il entreprit de faire le tour de la caravelle avec l'espoir de rencontrer sa surfeuse…

« Vous n'auriez pas vu une femme avec une planche ?

– Avec une planche ? Non, je regrette !

– Merci ! Excusez-moi ! »

Un peu plus loin…

« Vous n'auriez pas vu une femme avec une planche ? »

Même réponse.

« Vous n'auriez pas vu une planche avec une femme ?

– J'ai bien vu une planche, mais il n'y avait pas de femme ! »

Max devenait dingue.

Enfin, quoi, cette histoire d'amour fou… il l'avait bien vécue ! Physiquement ! Elle était trop belle pour avoir été rêvée ou simplement imaginée !

CHAPITRE XXV

Le rocher fantôme

Et là, il y eut un premier incident notable. Dominant les rugissements des vagues déchaînées, la voix de la vigie :

« Un rocher droit devant !

– Un quoi ?

– Un rocher !

– La barre à gauche toute ! » ordonna l'amiral.

L'ordre se répercuta.

« La barre à gauche toute ! La barre à gauche toute ! » Le bateau fit une embardée.

« Amiral, cria le pilote, quand je barre à gauche toute, le rocher barre à droite toute !

– Eh bien, barrez à droite !

– Oui, mais quand je barre à droite, il se tire à gauche… toute !

– Ma parole, ce rocher nous cherche.

Pourquoi nous chercherait-il ? Que lui a-t-on fait ?

J'ai toujours respecté les rochers, évité tout frottement. Je les ai même souvent salués au passage.

– Le drame, c'est que celui-là ne tient pas en place.

– Oui, c'est ça, l'écueil ! Voulez-vous mon avis, amiral ?

– Donnez-le toujours !

– Ce rocher nous provoque !

– D'où sort-il, ce rocher ?

– Damnation ! dit le second qui avait arraché des mains de l'amiral ses jumelles. C'est le rocher fantôme !

– Expliquez-vous ! somma l'amiral.

– Ce rocher s'étant détaché des abysses a fait un jour surface. Jusqu'à présent, on a évité tout contact avec lui. On a manœuvré, fait en sorte de ne pas le trouver sur notre route.

– Faites-moi le tour de ce rocher, dit l'amiral, que j'en voie les profils ! »

Le bateau se mit lentement à le contourner.

« Vu du Sud (d'ici), on dirait un cuirassé… À s'y méprendre ! » dit le canonnier.

« D'ici (Sud-Ouest), il a la forme d'une baleine !

– À s'y méprendre ! » dit le pêcheur d'Islande qui ne voyait pas l'arête du rocher.

«Plein Ouest, on dirait un iceberg.

– À s'y méprendre ! »

L'amiral piqua une de ces colères que son équipage qualifia de mémorable.

«Pour qui prend-il mon bateau ? Pour le *Titanic* ? Ah, il veut jouer les icebergs ?

Eh bien, nous allons jouer les brise-glace... En avant toute !

Rentrez-moi de plein fouet dans ce gros tas de pierre ! Faites-en de petits galets !

Droit dessus ! Trop tard, il est sur nous ! »

Il faut avoir vu ce rocher jaillir, surgir de la brume comme la proue d'un gigantesque navire !

Il faut avoir vu cette masse passer au-dessus de leur tête et, au lieu de les écraser de tout son poids, se transformer en pluie de gravier et les effleurer à peine...

Ils se retournèrent et virent le rocher se reconstituer à tribord et s'éloigner...

«Il reviendra ! dit le second.

– Non, dit l'amiral d'un ton assuré, il ne reviendra pas !

– Qu'en savez-vous, se permit de dire le second second ?

– Parce qu'on se tire ! On va prendre nos distances... Lutter contre des forces déchaî-

nées, j'admets… C'est de bonne guerre…
Mais contre un fantôme, fût-il rocher, ah
non ! Très peu ! Allez, on met les voiles !

On change de parallèle… On prend
l'autre…

Comme deux parallèles, en principe, ne se
rencontrent pas, on n'est pas près de se
retrouver nez à nez ! »

C'est alors qu'il y eut un nouvel incident.

« Quelle heure est-il ? demanda l'amiral à
son second.

– Une seconde ! dit ce dernier qui n'arri-
vait pas à fixer son cadran.

Il est… voyons… 10 heures 10… Non !
22 heures 30…

Qu'est-ce que je dis… ? Il est à peine
3 heures de l'après-midi… »

Les aiguilles tournaient dans tous les
sens…

« Mettez, votre montre et vous, vos pen-
dules à l'heure ! Nous perdons du temps ! »
dit l'amiral.

Le second sentit qu'il fallait prendre une
décision rapide, sous peine de sanction.

« Il est… midi pile, dit-il arbitrairement.

– Ah ! ?

– Mais… mais… (constatant que le soleil
n'était pas assez haut)… par rapport au soleil,
je dois avancer un peu…

160

– Moi, j'ai trois heures moins le quart de l'après-midi, dit le second second.

C'est l'heure de prendre mon quart.

– Vous êtes sûr ? » dit le second.

Le second second regarda à nouveau sa montre.

« Ah non ! Il est sept heures et quart du soir. Mon quart est passé. »

C'est alors que l'amiral réalisa qu'il y avait quelque chose qui ne tournait pas rond.

Il comprit qu'à la suite d'une erreur de navigation, il était en train de patauger dans les Quarantièmes Délirants !

« En avant toute », cria-t-il, les yeux fixés sur la boussole dont l'aiguille, au lieu d'osciller dans la direction du nord, tournait régulièrement autour du cadran de la boussole !

Tantôt, elle marquait nord-est, puis nord-vingt puis nord-vingt-cinq puis sud-sud-ouest pour se pointer vers le nord ! Et le cycle recommençait. Infernal !

« Que se passe-t-il ? cria l'amiral à l'homme de barre qui tentait vainement de la redresser. Que se passe-t-il ? » répéta-t-il.

Mais l'homme de barre était trop occupé à tenter vainement de tourner la « roue » du gouvernail dans le sens contraire de l'aiguille de la boussole pour répondre.

La confusion était extrême.

« La roue tourne ! » ne sut que répondre, fataliste, l'homme de barre.

« C'est le moment, dit l'amiral, d'envoyer le signal de détresse à Balthazar pour qu'il mette la bouteille "Moët" sous pression... »

C'est alors que se produisit un événement qui, en soi, n'aurait dû avoir aucune conséquence, mais qui, ajouté à un autre événement qui, en soi, n'aurait dû avoir aucune conséquence, provoqua un événement dont les conséquences furent ici dramatiques.

Le bateau des boat people, qui n'était plus gouverné, s'était mis à tourner sur lui-même tout en se rapprochant insensiblement de l'île des Robinsons.

CHAPITRE XXVI

Un phare à la mer

Deuxième événement qui, en soi, n'aurait dû avoir aucune conséquence : la vigie, du haut de son mât, s'écria :

« Un phare à la mer !

— Un phare à la mer, et alors ? ironisa l'amiral de son poste de commandement. Qu'y a-t-il d'extraordinaire à cela ?

— ! ! C'est que ce phare-là…

— Qu'a-t-il de particulier ?

— C'est que, depuis un certain temps, il passe de tribord à bâbord, puis de bâbord à tribord !

— Comment ? Il nous tournerait autour ? Il nous chercherait ? »

Troisième événement : la lanterne du phare qui, pour une raison inconnue, s'éteignit brusquement.

N'oublions pas que la nuit était en train de

tomber... plongeant le phare lui-même dans une demi-pénombre.

Quatrième événement : l'homme de vigie, qui ne perdait pas le phare de vue, s'écria :

« De plus, il navigue tous feux éteints... !

– Suspect ! Faites les sommations d'usage !

– Bien, amiral ! »

Cinquième événement qui, en soi...

En réponse au coup de semonce, le gardien, qui avait allumé une bougie pour y voir clair, saisit son fusil et, en s'approchant d'un peu trop près de sa réserve de cartouches, les fit exploser !

Sixième événement : le bruit de l'explosion des cartouches qui, en soi, n'aurait dû avoir aucune conséquence, en eut !

Car il fut entendu à vingt lieues à la ronde et considéré comme une provocation !

L'amiral, croyant qu'on lui tirait dessus, riposta aussitôt...

« Branle-bas de combat ! Tout le monde à son poste !

– Que comptez-vous faire ?

– Nous défendre, c'est-à-dire attaquer !

Nous allons tirer sur ce phare... à boulets rouges...

– Nous n'avons pas de boulets de cette couleur, dit le canonnier en s'excusant...

– Et des blancs ? Avez-vous des boulets blancs ?

– Oui, amiral !

– Alors, tirez à blanc ! Ils n'y verront que du feu !

– On va leur en faire voir de toutes les couleurs, dit le second qui avait tendance à en rajouter. Feu à volonté ! »

La première salve atteignit le phare de plein fouet. L'immense tour, qui n'était pas scellée dans le roc, et qui ne tenait que par son poids, vacilla… et, comme un grand chêne qu'on abat, se coucha littéralement sur le flanc, libérant les centaines de bouteilles qu'elle renfermait dans ses caves.

« Des bouteilles à la mer ! s'écria la vigie.

– Combien ?

– Des centaines ! Toute une armada ! »

En y regardant de plus près, avec sa longue-vue, l'amiral arriva à lire sur les étiquettes :

« Bordeaux, Bourgogne, Beaujolais…

Ce sont des bouteilles de vin !

Allez, cria-t-il à ses hommes, récupérez-moi toute cette cargaison de bonnes bouteilles !

Pas de bousculade !

À première vue, il y en a pour tout le

monde ! Que personne ne s'abreuve avant mon signal ! »

On mit tout de suite des chaloupes à la mer.

« Amiral, fit calmement observer le second, si ces bouteilles étaient pleines, comme vous semblez le supposer, il y a belle lurette qu'elles auraient coulé, et qu'elles reposeraient au fond de la mer, comme les amphores que transportaient les galions ! »

L'amiral plongea son regard jusqu'au fin fond des yeux bleus du second et... le gifla !

« Vous n'êtes qu'un rabat-joie ! »

Max, qui observait toute la bataille navale à la jumelle, s'écria :

« Amiral ! Mais c'est notre phare !

– Quoi ?

– Et ce sont les bouteilles du gardien ! »

Les équipages des chaloupes découvrant alors que ce n'étaient que des bouteilles à message, la déception fut grande. Le désappointement se lut sur tous les visages.

Le calme revenu, on constata les dégâts... Le phare avait fait un trou dans la coque. L'amiral s'informa :

« Combien avons-nous perdu de tonneaux ? »

Le bateau, qui jaugeait plusieurs centaines

de tonneaux, n'en faisait plus que quarante !
Pour rassurer son équipage, l'amiral ordonna :

« À boire pour tout le monde !

– Amiral, cria l'homme de quart, il n'y a plus de vin dans les tonneaux ! Ils ont tous été percés.

– ! ! Alors... de l'eau pour tout le monde !

– Amiral, reprit l'homme, il n'y a plus d'eau non plus dans les tonneaux d'eau ! Les tonnes d'eau qui s'y trouvaient se sont déversées, écoulées dans la mer ! »

L'amiral regarda le niveau de la mer.

« Effectivement, il avait monté... »

Le bateau s'inclina dangereusement à bâbord.

« Tout le monde à tribord ! » hurla l'amiral.

Le bateau donna aussitôt de la bande à tribord. Il fallut répartir les gens selon leur poids... C'est alors que le bâtiment commença à gîter et l'équipage à s'agiter...

De tous côtés, des reproches fusèrent à l'endroit de l'amiral.

Un vent de mutinerie soufflait.

Quelques excités escaladèrent la passerelle du haut de laquelle l'amiral donnait ses ordres.

L'un d'eux alla jusqu'à retirer de la tête de l'amiral sa casquette, pour s'en affubler... Un autre s'empara de sa paire de jumelles, etc. Tandis que tout l'équipage ainsi que les passagers chantaient sur l'air des lampions :

« C'est à boire, à boire, à boire… C'est à boire qu'il nous faut ! »

Là encore, Max pensa qu'il pouvait intervenir.

Il rejoignit sur la passerelle les insurgés.

« Arrêtez vos pitreries ! cria-t-il à l'adresse des mutins. Ici, le clown, c'est moi ! »

Il s'adressa à la foule :

« Aimez-vous les illusions ? »

Après avoir montré qu'il n'avait « rien dans les mains, rien dans les poches », Max se mit à mimer « l'homme qui a soif et qui boit » avec une telle conviction que tout le monde en avait l'eau à la bouche !

« Regardez-moi bien et faites comme moi ! dit Max. Voici une bouteille… ! (Il la mima.) Est-ce que vous voyez la bouteille ?

— Oui ! répondit en chœur l'auditoire.

— Mais la voyez-vous dans votre main ? Regardez bien, elle y est ! Chacun a la sienne ! Que voyez-vous à l'intérieur ?

— Un message ! cria ironiquement un plaisantin.

— Non, dit Max, c'est de l'eau ! Cette bouteille est pleine d'eau ! »

Le plaisantin cria :

« Est-ce qu'on ne pourrait pas remplacer la flotte par du vin ? »

Tous :

« Oui, du vin ! Du vin ! Du vin !

— D'accord ! » dit Max.

Il s'offrit le luxe de donner à choisir :

« Du rouge ou du blanc ?

— Du rosé ! » cria le plaisantin.

Et Max leur apprit à mimer « le monsieur qui a soif et qui boit ».

Tout le monde avait le vin à la bouche.

Ils le suivirent si bien que, quelques minutes plus tard, ils roulaient, tanguaient, oscillaient, titubaient sur le pont en chantant « Les copains d'abord » :

« Non, ce n'était pas le radeau

De la Méduse ce bateau

Qu'on se le dis' au fond des ports

Dis' au fond des ports... »

« Ça manque d'accompagnement ! » dit quelqu'un.

« Messieurs, dit l'amiral, ne possédant pas d'instruments de musique... nous avions un joueur d'harmonica... mais il est tombé à l'eau...

— Qui, cria quelqu'un, le joueur ?

— Non, l'harmonica ! (Rires.)

(Désignant un des marins :)

Vous là, le passager clandestin, le violoniste, le tzigane, voulez-vous, tandis que nous coulons, jouer "les sanglots longs des violons de l'automne" ?

– Je ne puis, amiral !

– Pourquoi ?

– D'abord, parce que c'est hors de saison, et de plus, hors de question, puisque je n'ai pas de violon à ma portée !

Mais, amiral, si cela peut vous dépanner, ce que je peux faire, ce sont les sanglots !

– Avec quoi ?

– Avec les yeux !

– Faites ! » dit-il.

Comme les larmes de l'émigré tardaient à perler… (Il en avait tellement versé pendant la traversée !)

« C'est un ordre ! »

Le tzigane se mit à sangloter…

« Trop long ! dit l'amiral. On supprime les sanglots… On s'accompagnera avec les instruments du bord ! Faites venir le cuisinier ! »

Le cuisinier arriva.

« Appelez-moi chef de brigade ! dit le cuisinier.

– Bien, chef !

– De brigade ! Je tiens beaucoup à la particule.

– Chef de brigade, vous allez distribuer à

l'équipage et aux passagers des gamelles et des bidons ! »

Ce qui fut fait.

« Envoyez la corne de brume ! »

La corne émit un son grave et soutenu… Tou… out !

« Accordez-vous sur la corne de brume ! » cria l'amiral.

Chacun frappa du poing sur ce qu'il avait sous la main. Il y eut quelques calebasses enfoncées… quelques crânes bosselés !

Tout le monde s'accorda à reconnaître, qu'à défaut de justesse, c'était bon pour le son !

« Qu'est-ce que l'on joue, amiral ? dit le corne-de-brumiste.

— Nous allons entonner un air de circonstance :

"Plus près de toi, mon Dieu !"

— Je ne le connais pas, celui-là ! dit l'un en parlant de l'air.

— Moi non plus ! dit un autre.

— Je me souviens bien des paroles, dit un troisième, mais la musique m'échappe…

— C'est la musique du film *Titanic* ! précisa Blaise qui avait vu le film.

— C'est bon ! dit l'amiral. Est-ce que tout le monde connaît "Sur le pont d'Avignon" ? »

« Sur le pont », tout le monde connaissait.

« Alors, à mon commandement… Une !
Deux ! Sur le pont d'Avignon, on y danse, on
y danse… » Certains se mirent à danser la
gigue, à marteler le sol : « … on y danse tous
en rond ! »

C'est alors que le pont supérieur céda. Tandis qu'il s'effondrait, l'amiral cria : « Tout le
monde sur le pont inférieur ! » montrant ainsi
qu'il restait maître de la situation !

CHAPITRE XXVII

Le sauvetage

À ce moment-là, on entendit la voix de la vigie :

« Une bouteille dans le ciel !

— Où ça ? demanda l'amiral.

— Juste au-dessus de nous ! »

« Ohé de l'épave ? » cria Balthazar du haut de sa capsule.

L'amiral, ulcéré, se saisit de son porte-voix :

« Je vous interdis de considérer mon bateau comme une épave. Il est tout au plus sinistré…

— Stoppez les machines et jetez l'ancre !

— Il y a longtemps qu'on l'a jetée. Il ne reste que la chaîne !

— Tout le monde dans les soutes ! cria Balthazar. Je ne veux voir personne sur le pont ! »

Et l'opération de sauvetage commença. Tout se déroula comme prévu. Comme prévu, après s'être placée à la verticale du bateau, la « Moët » descendit et vint se placer devant la *Santa María*.

Elle amerrit devant la proue…

Le fondement de la bouteille s'ouvrit alors comme un couvercle de boîte de conserve. Comme prévu, on fit pénétrer le bâtiment à l'intérieur de la « Moët ».

On referma la bouteille salvatrice… et on mit le cap sur l'île déserte et désertée…

La bouteille et sa précieuse cargaison vinrent s'échouer, s'immobiliser… le cul s'enfouissant à moitié dans le sable !

Le fond s'ouvrit à la façon d'une barge de débarquement larguant le bateau qui s'immobilisa.

L'amiral, comme il se doit, posa le premier le pied sur la terre ferme.

Puis, un à un, tout le petit peuple de l'au-delà de l'imaginaire descendit de la caravelle, manifestement heureux de regagner ses pénates sain et sauf.

Ensuite, ce fut au tour de Max de prendre pied. C'est alors qu'un vent violent se leva, soulevant le sable, le faisant tourbillonner, formant devant eux comme une muraille de sable !

Le ciel en fut tout obscurci.

Cela ne dura que quelques instants.

Aussi vite qu'il s'était levé, le vent tomba.

Le rideau de sable s'entrouvrit.

Stupeur !

Le village, qui aurait dû apparaître devant les émigrés, n'était plus là !

Évaporé le village ! Rayé de la carte !

En lieu et place, du sable à perte de vue…

Tous ces gens ne comprenaient pas.

« Ma maison ? Elle aurait dû se trouver là ! »

« La mienne ? Ici… ? »

« Où est passé mon hôtel ? » gémissait Cléopâtre.

« Et mon bistrot ? dit Léon. Je n'en vois plus l'enseigne ! »

Le drame de tous ces gens qui avaient perdu leurs marques, leurs repères !

« De notre village, il ne reste plus rien ! »

« Et nous, amiral, qu'allons-nous devenir dans tout cela ? dit quelqu'un.

— !! Je n'en sais rien !

— Ah non ! C'est trop facile ! dit un autre.

Cela fait des jours, des mois que l'on vous fait confiance !

— Moi, je n'y suis pour rien ! dit l'amiral. Adressez-vous à Balthazar ! »

« Balthazar ! hurla Léon, le patron du bistrot. Montrez-vous !

– Attendez ! cria Balthazar de l'intérieur de sa bouteille. Je suis en train de vérifier…

– C'est tout vérifié ! Et puisque nous en sommes là, je vais vous dire ce que je pense de vous… !

Je vous accuse, Balthazar, de vous être servi de notre naïveté pour exercer vos activités diaboliques…

Vous avez profité du désarroi de chacun de nous ! Lorsque nous nous sommes retrouvés dans l'au-delà de l'imaginaire, vous nous avez, en quelque sorte, pris en otages ! Vous vous êtes servi de nous pour illustrer… cristalliser tous vos fantasmes !

Vous êtes un être maléfique, démoniaque… Et nous, pauvres imaginatifs, nous sommes tombés dans le panneau ! Et quel panneau !

À géométrie variable ! »

La voix de Balthazar se fit entendre :

« Qu'est-ce qui vous arrive, Léon ?

Vous avez perdu la tête ?

– !! Elle n'est pas perdue pour tout le monde, ma tête ! répliqua le patron du bistrot.

Ma tête, vous la tenez séquestrée dans l'une de vos satanées bouteilles !

Vous nous avez mis en boîte et nos têtes

en bouteilles ! Balthazar, vous êtes un charlatan ! »

Là, l'amiral crut devoir intervenir :

« Vous exagérez ! C'est tout de même Balthazar qui a inventé cette bouteille de sauvetage pour nous ramener à bon port !

– Et où est-il, cria le patron du bistrot, votre bon port ?

Évaporé, disparu, ainsi que tout le village ! Quant à vous, amiral d'opérette, vous nous avez manipulés pour, finalement, nous emmener en bateau vers des Quarantièmes soi-disant Rugissants et des Quarantièmes soi-disant Délirants. Des voyages au long cours qui, à chaque fois, tournent court ! »

C'est alors qu'apparut, par le hublot de la bouteille, c'est-à-dire son goulot, la tête de Balthazar.

« Mes amis !

Nous avons fait fausse route…

– Que s'est-il passé ? cria Max.

– Il s'est passé qu'il s'est glissé dans l'ordinateur un grain de sable qui a dévié le trajet programmé au départ. Nous avons dépassé un point limite que nous n'aurions pas dû franchir. Nous n'avons pas accosté au bon endroit. Nous nous trouvons en deçà de l'au-delà de notre imaginaire…

Notre île des Robinsons se trouve à quelques milles derrière nous. »

Un formidable cri de soulagement et de joie accueillit la nouvelle.

« Je vous demanderai donc de bien vouloir regagner immédiatement le boat people.

Le bateau va réintégrer sa bouteille protectrice afin de vous rapatrier. Cette plage n'est pas la nôtre.

– C'est la mienne ! s'exclama Max. Ce sont les confins de mon désert imaginaire !

– Êtes-vous sûr que ce soit le vôtre ?

– Regardez ! Il y a encore les traces de mes pas ! »

Une fulgurante pensée, généreuse et désintéressée, traversa l'esprit de Max.

« Mes amis !

Si certains d'entre vous souhaitent regagner le réel... en voici l'occasion ! je vous invite à emprunter mon désert. Allez, venez ! Suivez le guide ! Le réel est au bout. »

Il y eut une hésitation, puis une concertation, enfin une décision...

Balthazar sortit de sa bouteille.

« Merci, Max ! Nous sommes heureux que vous ayez retrouvé votre désert, mais pour nous, il n'existe pas !

Nous qui sommes dans l'au-delà de notre imaginaire, nous préférons y rester. C'est

178

devenu notre nouveau monde, notre imaginaire collectif, notre île des Robinsons !

– Et vous, amiral, qui souhaitiez tellement retourner dans le réel ? demanda Max.

– Mais je le souhaite toujours ! Je reste persuadé qu'il y a, entre les Quarantièmes Rugissants et les Quarantièmes Délirants, une faille, un passage, ténu certes, où les deux parallèles s'imbriquent. Avec un peu de chance, on doit pouvoir s'y faufiler…

– Oui, dit Max, on doit pouvoir… »

La cause était entendue. Tout était dit !

« Excusez-nous, Max, dit Balthazar, d'avoir pénétré par erreur dans votre imaginaire !

– C'est à moi de vous remercier de m'y avoir conduit ! »

Il y eut des embrassades à n'en plus finir…

Seul, le patron du bistrot du port, qui était resté un peu en retrait, s'approcha de Balthazar.

« Monsieur… je… je voulais vous dire…

– Si c'est ce que vous pensez de moi, non seulement vous l'avez déjà dit, mais vous l'avez dit devant tout le monde !

– Et c'est de cela que je tenais à m'excuser !

J'aurais dû garder pour moi ce que je pense de vous !

– ! ! Et encore, vous n'avez pas tout dit… ce dont je vous remercie. »

« Allez ! Embarquez ! »

Tous les émigrés regagnèrent le pont de la caravelle. Comme Max allait s'éloigner, Balthazar lui tendit un petit paquet…

Max le glissa furtivement dans sa poche.

Le voilier réintégra sa bouteille de sauvetage.

« Larguez les amarres ! En arrière toute », ordonna l'amiral. Le bateau s'éloigna…

Longtemps encore, les chapeaux s'agitèrent…

CHAPITRE XXVIII

Le retour dans le réel

Avant de se mettre en route, Max ouvrit le paquet offert par Baltha. C'était un sablier.

Son métier de mime reprenant le dessus, sa marche sur place se transforma très vite en démarche de chameau…

Il se surprit à fredonner l'air de Duke Ellington «Caravan», mais sur un mode mineur… (un mouvement de blues…)

Comme un chameau peut rester des jours sans boire, Max put poursuivre sa traversée du désert.

Et sur qui tombe-t-il au détour d'une dune ?

Assis sur son hypothétique valise ?

Sur Duke !

Il faisait du stop. Quand il a vu Max, il s'est écrié :

«Hep, chameau !»

« Enfin, il consent à en voir un ! » pensa Max.

« Finalement, Duke, lui dit-il, les avez-vous vues vos petites femmes voilées qui dansent la danse du ventre ?

— Oui ! J'ai même pu les prendre en photo, un jour où elles se sont montrées à visage découvert !

— Puis-je voir les photos ? demanda Max.

— Volontiers ! »

Ah, dis donc, elles étaient toutes voilées, aussi floues que les mirages des cartes postales !

« Où allez-vous là, Duke ? demanda Max.

— Je retourne dans le réel, chez moi, à l'autre bout de Paris !

— C'est sur ma route. Montez ! »

Savez-vous comment le spectateur a terminé la traversée de Paris *by night* ?... Sur le dos de Max ! (Musique de Duke Ellington.) La... la la la la... (En imitant la démarche du chameau.)

Heureusement qu'à cette heure-là, Paris était désert !

CHAPITRE XXIX

Retour sur le gardien de phare

Mais, vous direz-vous, qu'est devenu le gardien de phare ?

Le lendemain, en ouvrant le journal, à la une :

« Stupéfiante nouvelle :

Un gardien de phare repêché au large des Quarantièmes Rugissants par un chalutier. »

Max lut :

« C'est un gardien de phare complètement imbibé et inconscient que le pêcheur de morue, un dénommé Martin, remonta dans son chalut. N'ayant d'yeux que pour ses morues, le pêcheur ne vit pas l'infortuné gardien qui disparut dans la cale, très vite recouvert par une couche de gros sel… Ce n'est que lorsque le pêcheur voulut préparer sa brandade qu'il sentit monter de la cale une forte odeur de vinasse…

Le premier réflexe du pêcheur fut de rejeter à la mer cet intempestif empesteur !

Mais, après réflexion, il se dit que la mer, la mer nourricière qui sentait déjà le mazout, ne méritait pas un pareil traitement.

C'est ainsi que notre poisseux gardien fut sauvé des eaux. Quand il reprit enfin conscience et qu'il vit le sourire de l'infirmière de service qui le bordait, une lumière intense brilla dans ses yeux.

Elle en fut tout éblouie.

"Qui êtes-vous ? lui dit-elle.

— Je suis un phare.

— !! Un quoi ?

— Un phare !

— Interne !" appela-t-elle.

L'interne de service, qui suivait toujours l'infirmière de très près, surgit.

"Qu'y a-t-il ?

— Monsieur dit qu'il est un phare !

— !! Un giro ? interrogea l'interne.

— Un giro ? demanda-t-elle au dénommé "phare" qui l'éblouissait de plus en plus.

— Non, dit d'une voix blanche le gardien, pas un girophare, un phare comme celui d'Ouessant… cap Fréhel… île de Batz… Belle-Île… Île-d'Yeu… Cordouan… Biarritz… Porquerolles… Cap-Ferret… La Garoupe…"

L'interne se pencha rapidement vers l'infirmière et lui glissa dans le creux de l'oreille :

"Effarant ! C'est un illuminé. À surveiller avec le plus grand soin !"

Il s'aperçut qu'elle ne l'écoutait plus…

Elle avait le regard fixe… au-delà du réel… » poursuivait l'auteur de l'article, etc.

Max se rendit dans la maison de repos qui hébergeait le gardien, afin de lui apporter un éventuel soutien. Il était en salle de désinfection…

Max interrogea son entourage :

« Comment se sent-il ?

– Pas bon ! lui fut-il répondu. Il réclame ses copains.

– ! ! Quels copains ? Il a donné des noms ?

– Oui ! Des noms bizarres ! Ramsès II… Samson ! Ulysse ! Cicéron… etc. »

L'avouerait-il ? Max fut un peu triste de ne pas être sur la liste !

Ainsi donc, de tous les gens du village de l'au-delà, le gardien de phare était le seul à être passé à travers les mailles du filet de ces Quarantièmes, qu'ils soient Délirants ou Rugissants, et à avoir rejoint le réel !

Depuis, Max a repris le cours de ses représentations. Il continue de mimer sur scène le monsieur qui a soif et qui boit avec, semble-t-il, de plus en plus de conviction !

Le rideau tombé, lorsqu'il se retrouve dans sa loge et que personne ne l'y attend, Max s'offre trois minutes de répit. Il retourne le sablier que lui a offert Balthazar et regarde le sable s'écouler…

Il y voit les visages de tous ceux qu'il a laissés là-bas ! Chacun lui fait un petit signe amical, parfois affectueux ! Max le leur rend bien. Oh, il ne s'éternise pas.

Passées les trois minutes, il retourne le sablier et il se fait cuire un œuf !

Attention ! Pas n'importe quel œuf ! Celui de Christophe Colomb, s'il vous plaît !

…

Quand Max relut ce qu'il venait de pondre…

« Ouais ! se dit-il. Il n'y a pas de quoi se taper le derrière par terre ! »

…

À ce moment, on frappa à la porte.

Il alla ouvrir.

C'était… la surfeuse qui voulait monter sur les planches !

FIN

Table

Du même auteur :

Ça n'a pas de sens, Denoël, 1968.
Sens dessus dessous, Stock, 1976.
À plus d'un titre, Olivier Orban, 1989.
Matière à rire, Plon, 1993.
Un jour sans moi, Plon, 1996.

Composition réalisée par INTERLIGNE

ACHEVÉ D'IMPRIMER EN ALLEMAGNE PAR ELSNERDRUCK
Berlin
Dépôt légal éditeur : 39023-11/2003
LIBRAIRIE GÉNÉRALE FRANÇAISE - 43, quai de Grenelle - 75015 Paris.

ISBN : 2-253-15574-8   ✛   31/5574/4